最強書寫英文文法

立刻改善寫作流暢度

適合職場、社交、校園情境所需文字風格，
自學必備的68種文法練習

The English Grammar Workbook for Adults

a Self-Study Guide to Improve Functional Writing

麥可・迪吉雅科莫 Michael DiGiacomo 著
李蕫忻 譯

最強書寫英文文法

立刻改善寫作流暢度
適合職場、社交、校園情境所需文字風格，自學必備的 68 種文法練習

The English Grammar Workbook for Adults:
a Self-Study Guide to Improve Functional Writing

作者　　　麥可‧迪吉雅科莫 Michael DiGiacomo

譯者　　　李董忻

行銷企畫　劉妍伶

責任編輯　陳希林

內文構成　賴姵伶

封面設計　賴姵伶

發行人　　王榮文

出版發行　遠流出版事業股份有限公司

地址　　　104005 臺北市中山區中山北路 1 段 11 號 13 樓

電話　　　02-2571-0297

傳真　　　02-2571-0197

郵撥　　　0189456-1

著作權顧問　蕭雄淋律師

2023 年 05 月 01 日　初版一刷

定價　平裝新台幣 399 元（如有缺頁或破損，請寄回更換）

有著作權‧侵害必究 Printed in Taiwan

ISBN： 978-626-361-038-5

遠流博識網 http://www.ylib.com E-mail: ylib@ylib.com

最強書寫英文文法：立刻改善寫作流暢度，適合職場、社交、校園情境所
需文字風格，自學必備的 68 種文法練習 / 麥可‧迪吉雅科莫 (Michael
DiGiacomo) 著；李董忻譯 . -- 初版 . -- 臺北市：遠流出版事業股份有限公司，2023.05
面；　公分
譯自：The English grammar workbook for adults : a self-study guide to improve functional writing
ISBN 978-626-361-038-5(平裝)
1.CST: 英語 2.CST: 語法
805.16　　112002874

目錄

前言

哈囉各位讀者！感謝你選了這本書。我在紐約出生長大，後來在日本仙台市展開英文教學生涯。一開始我以為教英文沒什麼難的，真正開始教英文之後才發現，我真是錯的離譜！確實，英文有很多文法規則可以依循，但在教學中我發現，除了規則，還存在很多例外，甚至有一些「不算是規則的規則」。這些種種都讓英文教學、英文學習變得十分困難。

舉例來說，在我本來的認知裡，按照文法，可數名詞前面要用 many（許多）修飾，如 many pens、many people；而不可數名詞前面則用 much（許多）修飾，如 much rain、much love。但有次有個學生說 I ate much food last night（我昨晚吃了很多食物），我總覺得這句英文聽起來怪怪的，至於哪裡怪，我翻遍了手邊的文法書，都找不到答案。這時我才明白，市面上大多數的文法書只會教你解析文法結構，卻沒有教你如何真正的應用。因此才啟發了我撰寫這本書，它能幫助你在英文寫作以及日常對話上，擁有更多自信，表達也更準確。

為何說這本書教的是「實用的」英文文法？

有的東西就如馬克杯上的貓貓狗狗圖案，看著雖然很不錯，實際上沒有什麼用途——不論杯子上有沒有那個圖案，馬克杯依舊能發揮杯子的功能。反之，當我們說某個東西很「實用」，意思是那個東西能夠實際被使用，而我想寫的，正是一本實用的文法書，不僅能幫助你解決你對文法的疑惑，還能讓你練習如何在日常生活中靈活應用。

若想將某個技巧深深記憶在腦海裡，甚至精通它，那你就必須實際去「做」，正如某體育用品牌的廣告詞：「做就對了」。就像學游泳，不管你讀了多少關於游泳的文章、在 YouTube 上看了好幾個小時的游泳影片，但要真正學會游泳，你還是必須跳進泳池裡。所以，就讓我們一起遨「游」在英文文法世界吧！

那麼，文法究竟是什麼？根據韋氏字典（Merriam-Webster dictionary），文法的定義為：「研究字詞的種類、詞形變化，以及字詞在句子中所扮演的角色關係。」這個定義完美歸納出三個面向，是書寫流暢的英文或說出流利的英文所必須的。

字詞的種類指的就是詞性——名詞、形容詞、介系詞、連接詞、代名詞等等；詞形變化則指，為了表達出時間態樣（過去、現在、未來）、心情、性別、語氣，而必須做的字詞變化；至於字詞扮演的角色，指的是字詞如何排列組合，以便形成文法正確的句子。

有句話是這麼說的：「人不需要知道時鐘是怎麼運作的，也能看得懂時間。」學文法也是一樣的道理。雖然本書為了編排上的系統，每個章節是以文法專用的詞彙命名的，但你也無須太過拘泥於那些術語。比如說，你不用死記硬背可數名詞（countable noun）這個詞，你只要知道有些名詞是可以數出明確數量的，例如 dogs（兩隻、三隻狗）或 cars（兩輛、三輛車）；而不可數名詞（uncountable noun）則指有些名詞無法明確數出數量，像是 air（空氣）。你該做的只有理解文法，然後用書中的題目多加練習，必要時再拿出這本書、輕鬆找到你要的術語。

如何使用本書

本書分為兩個部分。在第一篇涵蓋了最常見、最常用到的英文文法規則。每一個小節都簡單但清晰地解說一個文法規則，包含該文法規則的構造、該文法代表的意義，還有最重要的——如何使用該文法規則。每個小節最後都會附上習題，寫完就可以翻到書末的解答去對答案。

如果你已經學好第一篇的文法規則，就可以進入第二篇：應用篇。第二篇呈現許多日常生活會遇到的情境，讓你把你在第一篇學到的英文文法規則，實際應用出來。這些情境包括了社交活動、校園生活、職場應對進退，以及創意寫作等。

本書並非包含全部英文文法規則的完整指南，畢竟市面上已有許多那樣的文法書了。本書著重的是現實生活中最常用到的英文文法。若想學習更多，書尾有延伸閱讀與更多資源，可以參考。

給教學者的話

感謝你選了這本書當作教材。若你的學生是想活用文法、學會溝通,這本書的內容會很有用,因為本書強調的就是實用。若你教的學生,英文不是母語,那麼這本書可以幫助學生進一步釐清他們在文法上覺得還不清楚的問題。

若學生的英語是母語程度,本書的內容也可以幫助他們彌補寫作不足的地方。學生可以利用這本書當作自學工具或是補充教材,甚至當作回家作業。

給學習者的話

過去二十五年來,我一直都在幫助跟你一樣的英文學習者,而學生問我最多的問題,就是關於英文的文法了。雖然學習英語作為第二語言或外語的學生看似上了許多文法課,碰到文法還是會頭昏腦脹。舉以下兩個句子為例:

If I win the lottery, I will buy a house. 如果我贏了樂透,我會買棟房子。
If I won the lottery, I would buy a house. 如果我有贏樂透,我就會買棟房子。

上面兩句的文法都是正確的,但在實際的生活裡,使用起來有什麼差別呢?在什麼情況下,if(如果)後面加現在式動詞(win 贏得)、什麼時候加過去式動詞(won 贏得)呢?這本書將會幫助你解答像這樣的問題,教你學會如何使用、何時使用正確的英文文法規則。

本書將帶領你走上康莊大道,讓你從「學英文」走上「使用英文」之路,帶著自信在生活中各種不同情境下自然而正確地使用英文。撥雲見日的一天即將到來,所以,戴好你的太陽眼鏡,一起閃亮出發吧!

第 I 部

按部就班

在第一篇，將帶你學習美式英文最基礎、最根本的文法。如果你常在選字時感到困惑，像是要用 a 還是 the，或是你想說「更快樂」的時候卻不確定該說 more happy 還是 happier，那麼本書第一篇的內容將會幫助你解決這些難題。我們將從字詞開始介紹，接著是句子，最後才是段落。每個章節各自獨立，所以你可以從你想學的章節開始，而如果有哪些章節你覺得已經有信心了，那麼跳過也無妨。

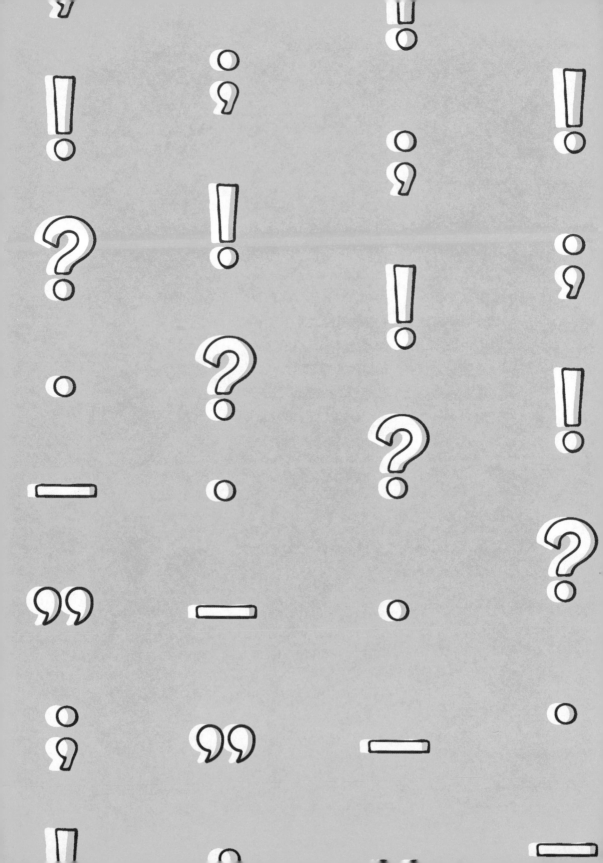

第 1 章

名詞、限定詞、數量詞

你有玩過「二十個問題」這個猜謎遊戲嗎？玩這個遊戲時，第一個問題通常是：「它是動物／蔬菜／礦物嗎？」你有注意到嗎，上述這個問題問的「動物、蔬菜、礦物」這三者，都是名詞。本章將帶你探索各式各樣的名詞，而且認識修飾名詞的限定詞跟數量詞。

名詞

名詞是一種詞性，可以用來指人、事、時、地、物。名詞可以分為**專有名詞**跟**普通名詞**，專有名詞的第一個字母永遠大寫，用來代表特定的人、事、時、地、物，舉例來說，Maria（瑪麗亞，常指女性名字）、Paris（巴黎）就是專有名詞；普通名詞則指不特定的人、事、時、地、物，像是 girl（女孩）、city（城市）。名詞又依能否數出明確數量，而區分成可數名詞跟不可數名詞。許多普通名詞所指示的物品，是可以明確數出數量的，像是 pens（多支筆）、people（多人），這種稱為可數名詞。有些名詞所指示的物品，是手指頭數不出數量的，像是 water（水）跟 air（空氣），這種就稱為不可數名詞。

分清楚名詞可數或不可數，其實是很重要的，因為它會決定你的英文文法正不正確。舉例來說，你可以說 a pen（一支筆），但是在英文裡並不會說 a water（一個水）或 a fun（一個樂趣）。接下來我們就來看各種不同的名詞。

可數名詞

一般來說，**可數名詞**所指示的對象，通常是實體的、可以摸到、看到的。我們能夠看著可數名詞代表的人、事、時、地、物，並且數出它的數量。現在不妨看看你的周遭，你手邊或許有兩、三支筆，有幾本書，還有幾張椅子。在你家裡，可能有兩個人或更多人與你同住。你住的城鎮裡可能有好幾家商店，好幾座公園，好幾間電影院。以上提到的名詞——筆、書、椅子、人、商店、公園、電影院——都是可數名詞，可以數出明確數量。

通常可數名詞會有兩種形式。一個是單數名詞的形式，代表該可數名詞的指示物數量為一，像是 pen（筆）、dog（狗）、park（公園）。另一個則為複數名詞的形式，代表該可數名詞的指示物數量大於一，像是 pens（多支筆）、dogs（多隻狗）、parks（多座公園）。

以下是更多可數名詞的例句：

1. There is one notebook on the desk, and there are two books on the shelf.
（桌上有一本筆記本，架子上有兩本書。）

2. Rohan has 12 *students* in his writing class.
（洛漢的寫作課上有 12 名學生。）

3. What do you think of when you see all of those *stars*?
（當你看到那些星星，你想到什麼？）

習題 1
換你小試身手！

---

1. 寫寫關於你住的地方吧！你住的城鎮有很多商家（stores）、博物館（museums）或是餐廳（restaurants）嗎？有幾座公園（parks）呢？

2. 描述你的廚房吧！你有多少個玻璃杯（glasses）？你的廚房裡有水果嗎？例如蘋果（apples）或香蕉（bananas）？你的廚房裡有很多廚具（appliances）嗎？

特別的複數名詞形式

大多數時候，名詞後面加 s 或 es 就可以形成該名詞的複數形式，但還是有些例外，而這些例外通常跟該名詞字尾的幾個母音字母或子音字母有關。

1. 當名詞的字尾是母音字母加 y，直接加 s 形成複數形式。

- alloy…alloys 合金
- bay…bays 海灣
- boy…boys 男孩
- day…days 日子
- delay…delays 延遲
- display…displays 展示
- essay…essays 論文
- key…keys 鑰匙
- way…ways 方法

2. 當名詞的字尾是子音字母加 y，複數形式則為去掉 y，改成 **ies**。

- analogy…analogies 類比
- army…armies 軍隊、一大群
- baby…babies 嬰兒
- berry…berries 漿果
- body…bodies 身體、屍體
- city…cities 城市
- family…families 家族
- gypsy…gypsies 吉普賽人
- vacancy…vacancies 空位

例外：若名詞為**專有名詞**——也就是名字時——其字尾為子音字母加 y 的話，

複數形式只要 y 後面直接加 s 就行。

- February…Februarys 二月
- Hello Kitty…Hello Kittys 凱蒂貓

3. 當名詞字尾為 ch、s、sh、x、z 時，後面加 es 就能形成其複數形式。

- batch…batches 一批
- inch…inches 英吋
- tax…taxes 稅金
- box…boxes 箱子
- polish…polishes 擦亮油
- waltz…waltzes 華爾滋舞
- class…classes 班級、課堂
- sinus…sinuses 鼻竇
- wish…wishes 願望

例外：若名詞字尾為母音字母加 z，那該名詞的複數形式則為加 zes。例如：

- quiz…quizzes 測驗
- wiz…wizzes 天才、高手

4. 當名詞最後一個字為 o 時，直接加 s 形成複數名詞。

- casino…casinos 賭場
- photo…photos 照片
- studio…studios 攝影棚、工作室
- disco…discos 迪斯可舞會
- radio…radios 收音機
- logo…logos 商標
- scenario…scenarios 情境
- turbo…turbos 渦輪
- video…videos 影片

例外：有些名詞最後一個字雖然是 o，但其複數形式為加 es。

- echo…echoes 回音
- potato…potatoes 馬鈴薯
- hero…heroes 英雄
- tomato…tomatoes 番茄

**習題 2
換你小試身手！**

你能在一個句子當中，使用到多少個前一頁學到的單字？

不規則複數名詞

有些名詞的複數形式，並不是依照前述的規則，也就是説字尾並非加 s 或 es 就行，這種複數名詞我們稱之為**不規則複數名詞**。接下來我們就來看看常見的不規則複數名詞。

1. 大多數情況下，當名詞字尾為 f 或 fe 時，只要去掉 f 或 fe，改成 ves 就可以形成複數名詞。

- half…halves 一半
- knife…knives 刀
- leaf…leaves 樹葉
- life…lives 生命、生活
- loaf…loaves 一條
- self…selves 自我
- shelf…shelves 架子
- thief…thieves 小偷
- wife…wives 妻子

例外：有些字雖字尾為 f 或 fe，但複數形式為直接加 s。

- chef…chefs 廚師
- chief…chiefs 首長
- cliff…cliffs 懸崖
- cream puff…cream puffs 泡芙
- giraffe…giraffes 長頸鹿
- handcuff…handcuffs 手銬
- ref…refs 裁判
- roof…roofs 屋頂
- safe…safes 保險箱

有些名詞的複數形式拼法與單數形式的拼法完全不同。

- appendix…appendices 附錄
- child…children 小孩
- foot…feet 足
- goose…geese 鵝
- man…men 人、男人
- mouse…mice 老鼠
- person…people 人
- tooth…teeth 牙齒
- woman…women 女人

例外：通常情況下，person（人）的複數形式為 people，但是在某些牽涉法律的情況下，像是契約或法院文件，person 的複數就可能是 persons。
例如：Several persons of interest were questioned by the detective.
（偵探詢問了幾個嫌疑人士。）

2. 有些名詞的複數形式拼法跟單數形式的拼法一模一樣。

- deer…deer 鹿
- fish…fish 魚
- scissors…scissors 剪刀
- sheep…sheep 綿羊

下列句子正確嗎？

1. Aubrey has several fishes in her aquarium.
   （奧布里在她的魚缸裡養了幾條魚。）

   正確 ❏ 不正確 ❏

2. In this city, all of the roofs are blue.
   （這個城市裡所有房屋的屋頂都是藍色的。）

   正確 ❏ 不正確 ❏

3. Please put the books and computer mice on the shelves.
   （請將書跟滑鼠放到架子上。）

   正確 ❏ 不正確 ❏

4. The chef was talking to a people in the restaurant.
   （主廚在餐廳裡跟一些人說話。）

   正確 ❏ 不正確 ❏

5. On the farm, we saw some sheep, some calves, and a wolf.
   （在農場，我們看到一些綿羊、小牛，還有一隻狼。）

   正確 ❏ 不正確 ❏

不可數名詞

一般來說，**不可數名詞**所指示的物，是無法具體一個一個去計算的，例如抽象的想法跟概念，你無法描述這些東西的數量。不過好消息是，你不需要去記憶不可數名詞單數變複數的規則，因為不可數名詞本身就沒有複數形式。但是，某些不可數名詞還是可以數出數量的，只不過要借助於另一個可數名詞；比方說，某不可數名詞指示物的容器是可數的，或者是用一般量詞修飾不可數名詞，例如 a piece（一塊、一片）、 a slice（一片）、a bag of（一袋）、a lot of（大量、許多）、some（一些）等等。

液體是不可數名詞。

- ammonia 氨水
- beer 啤酒
- coffee 咖啡
- gasoline 汽油

- juice 果汁
- milk 牛奶
- oil 油
- shampoo 洗髮精

- soda 汽水
- soup 湯
- tea 茶
- water 水

要描述液體的數量時，你可以用「可數的量詞」去描述。像是 a can of beer（一罐啤酒）、two cups of coffee（兩杯咖啡）、three bottles of oil（三瓶油）、a lot of water（許多水）。但凡事總有例外，在英文口語對話聊到飲料時，你可以像下面例句那樣：

- I had two beers last night. 我昨晚喝了兩「瓶」啤酒。
- Let's order a few coffees for dessert. 我們點幾「杯」咖啡配甜點吧。
- I asked the server to bring a couple of waters. 我請服務生送來幾「杯」水。

材料是不可數名詞。

- cotton 棉花
- fabric 布料
- glass 玻璃
- gold 黃金

- iron 鐵
- leather 皮革
- paper 紙張
- plastic 塑膠

- rubber 橡膠
- tin 錫
- wood 木頭
- wool 羊毛

但你可以用量詞去修飾，像是 a roll of fabric（一綑布料）、a piece of plastic（一片塑膠）、a pile of wood（一堆木頭）。

氣體等自然現象都是不可數名詞。

- air 空氣
- electricity 電
- fire 火
- fog 霧

- hail 冰雹
- oxygen 氧氣
- pollution 汙染
- rain 雨

- smoke 煙
- snow 雪
- steam 蒸氣
- thunder 雷聲

但同樣的，你可以說 some fog（一些霧）、a container of oxygen（一容器的氧氣）、a crack of thunder（一聲雷鳴）。

科目、語言都是不可數名詞。

- biology 生物學
- English 英文
- French 法文
- Japanese 日文
- literature 文學
- math 數學
- psychology 心理學

抽象概念、情緒、情感等等都是不可數名詞。

- adventure 冒險
- beauty 美
- belief 相信
- hope 希望
- jealousy 忌妒
- love 愛
- luck 幸運
- maturity 成熟
- romance 愛情
- sorrow 悲傷
- truth 真實性
- wonder 驚嘆

集合名詞也是不可數名詞，集合名詞指示的是一群東西，有時是小東西。

- equipment 器材
- food 食物
- furniture 家具
- grass 草
- junk 廢棄物
- livestock 牲畜
- luggage 行李
- mail 郵件
- money 錢
- rice 米
- salt 鹽
- traffic 交通流量

習題 4
換你小試身手！

將下面五題句子裡的名詞畫上底線，並且判斷它們是可數或不可數名詞，寫上 C（可數名詞）或 U（不可數名詞）。

Example:
We have a _suitcase_ (C), a _backpack_ (C), a shopping _bag_ (C), and some other _luggage_ (U).
例題：我們有一個手提箱、一個背包、一個購物袋以及一些行李。

1. The beauty in this wood is shown in the pattern.

（這塊木頭美在它的紋路。）

2. There is a lot of garbage and junk in the old house.
   （這間老房子裡有很多垃圾和廢棄物。）

3. We get a lot of mail. Some is from our customers, but much of it is junk.
   （我們收到很多郵件，有些是我們顧客寄來的，但大多數是垃圾郵件。）

4. Viktor has a lot of furniture, including several chairs, tables, and sofas in his apartment.
   （維克多擁有很多家具，他的公寓裡有好幾張椅子、桌子、沙發。）

5. All of the beer, wine, and soda is in the cooler.
   （所有啤酒、葡萄酒跟汽水都在冷藏箱裡。）

有些名詞既是可數名詞，也是不可數名詞

英文有時候很複雜，例如某個名詞到底是可數或是不可數。有些名詞根據它不同的前後文或是使用的情況，會決定它是可數還是不可數名詞。以下是幾個例子：

Time

time 的意思是「一段經歷、次數、回數」時，為可數名詞。

1. We had a nice time at the party.
   （我們在派對上度過一段很愉快的時光。）

2. I have been there many times.
   （我去過那裡很多次。）

3. I told him three times not to be late.
   （我跟他說過三次不要遲到。）

可是如果 time 的意思是指「時間」的話，此時就是不可數名詞，那麼就不可以說 a time 或 times 了。

1. I need time to think about your request.
   （我需要時間思考你的請求。）

2. It took some time to finish my work.
   （我花了點時間才完成工作。）

3. I have no time to play golf this week.
（我這星期沒時間打高爾夫球。）

Space

Space 的意思是「空間、一個可以被拿來做某事的地方」時，為可數名詞。

1. I have a space in my car to hold a coffee cup.
（我車上有個地方可以放咖啡杯。）

2. There are a few spaces available to park your car.
（這裡還有一些空位可以停你的車。）

3. The conference is sold out, so there are no spaces left.
（會議門票已經售完了，已經沒有位置了。）

若 space 指的是「外太空」，那就是不可數名詞。

1. Jack studies astronomy because he is interested in space.
（傑克攻讀天文學，因為他對外太空很有興趣。）

2. Do you think there is any intelligent life in space?
（你覺得外太空有智慧生命存在嗎？）

3. Will passenger space travel be coming in the next decade?
（在未來十年內，太空旅遊會成真嗎？）

Experience

experience 作為「某次的經歷、時光」時，是可數名詞。

1. I had several great experiences when I was living overseas.
（我住國外時有過幾次很棒的體驗。）

2. I always have an interesting experience when I hang out with my friends.
（跟朋友玩總是帶給我很棒的時光。）

3. I've had some funny experiences trying to speak a second language.
（試著講第二外語讓我發生過一些搞笑的事情。）

experience 作為「累積的知識或技能」時，為不可數名詞。

1. Jack has a lot of experience playing golf. He started when he was six years old.

（傑克打高爾夫球的經驗豐富，他從六歲就開始打了。）

2. Do you have any experience in sales?

（你有業務經驗嗎？）

3. Doing an internship can give you practical work experience.

（參加實習可以帶給你真實的工作經驗。）

以下是更多根據不同前後文會變成可數或不可數名詞的例子：

- aspirin 阿斯匹靈
- coffee 咖啡
- democracy 民主；民主國家

習題 5
換你小試身手！

試著用名詞 time、space、experience 造幾個句子，且用到它們的可數跟不可數名詞的意思。

複合名詞

複合名詞也是名詞的一種。當名詞跟名詞合併、或是名詞跟非名詞合併成為一個新的字跟意思時，我們稱那個新字為複合名詞。複合名詞總共有三種類型。

類型一
兩個字直接合在一起成為一個新的名詞：

- Blackboard 黑板
- bookstore 書店
- checkout 收銀台
- haircut 髮型
- newspaper 新聞報紙
- notebook 筆記本
- sunglasses 太陽眼鏡
- toothpaste 牙膏
- watermelon 西瓜

類型二
兩個字中間有空格，但是視為一個名詞：

- bus stop 公車站牌
- dinner table 餐桌
- ice cream 冰淇淋
- living room 客廳
- music box 音樂盒
- oil tank 油箱
- swimming pool 游泳池
- tennis racket 網球拍
- washing machine 洗衣機

類型三

帶有連字號的複合名詞指的是用連字號串起幾個單字而形成的名詞，可以由兩個名詞串在一起形成，也可以是好幾個名詞跟非名詞串在一起。

- first-timer 新手
- grown-up 成年人
- high-rise 高樓
- merry-go-round 旋轉木馬
- runner-up 亞軍
- singer-songwriter 創作型歌手
- six-pack 六塊肌
- son-in-law 女婿
- warm-up 熱身

習題 6
換你小試身手！

將 A 行的名詞搭配 B 行的名詞，組成複合名詞。複合名詞可能是上述的類型一（兩個字合在一起）、類型二（兩個字分開），或是類型三（帶連字號）。

A	B	Answer
1. bus 公車	up 起來	
2. coffee 咖啡	table 桌子	
3. living 生活	store 店	
4. fire 火	stop 車站	
5. tennis 網球	room 房間	
6. warm 暖身	racket 球拍	
7. note 筆記	drill 演習	
8. book 書	cup 杯子	
9. dinner 晚餐	book 書	

帶有連字號的複合字當作形容詞

當我們把數字跟名詞用連字號連在一起，產生的複合詞詞性為形容詞。有趣的是，此形容詞裡的名詞部分永遠是單數形式。比方說，當我們說 Amisha is twenty years old.（阿米沙二十歲），這裡的 years 是複數形式，因為在這句裡，year（年歲）詞性為名詞而且可數，而 year 前面的數字 twenty（二十）又大於一，所以 year 要加 s 形成複數名詞。但若我們將 twenty、year、old 三個字用連字號連在一起，寫成 Amisha is a twenty-year-old woman.（阿米沙是個二十歲的女性），此時的複合詞 twenty-year-old（二十歲的）便稱為帶有連字號的複合形容詞，詞性是形容詞（用來形容句子中的女性）。注意：帶連字號的複合形容詞裡的名詞部分（如 twenty-year-old 的 year）永遠是單數形式。

以下是帶有連字號的複合形容詞例句：

1. Kim bought a ten-pound bag of flour to make cookies.
   （金買了一袋十磅重的麵粉要做餅乾。）

2. All the doctors work a *twelve-hour* shift two or three times per month.
   （所有醫生每個月都要輪兩到三次十二小時的班。）

3. Chang has a *thirty-six-inch* monitor on his desk.
   （張的書桌上有個三十六吋的螢幕。）

使用帶有連字號的複合形容詞時，若需要表達某人、事、物為複數，那麼複數形式不可以出現在複合形容詞裡的那個名詞，而應該出現在複合形容詞所修飾的那個名詞上面。請看以下的例子。

1. Kim bought *four ten-pound bags* of flour to make cookies.
   （金買了四袋十磅重的麵粉要做餅乾。）

2. The doctor had to work *two twelve-hour shifts* this week.
   （這位醫生這星期需要輪兩次十二小時的班。）

3. The stockbroker has *three thirty-six-inch monitors* on his desk.
   （這位股票經紀人的書桌上有三台三十六吋的螢幕。）

基數跟序數用連字號串起來，可成為分數。

1. The factory experienced a *one-third* cut in orders last year.
   （這家工廠去年的訂單量少了三分之一。）

2. You should fill those cupcake tins *two-thirds* full.
（你應該把那些杯子蛋糕的烤模裝到三分之二滿。）

3. If you cut *three-sixteenths* of an inch from that pipe, it should fit perfectly.
（你如果把那根管子剪掉十六分之三吋，應該就會剛剛好了。）

習題 7
換你小試身手！

將下列句子中的名詞改成帶有連字號的複合形容詞，並重寫句子。

1. Refund policy: You have seven days to return the item. It's a seven-day refund policy.
（退貨規則：您可以在七天內退貨。這是個七日退貨規則。）

2. The conference took three days. It was a _____ conference.
（這場會議持續了三天。這是個………的會議。）

3. The box weighs twenty pounds. It's a _____ box.
（這個箱子秤起來有二十磅重。這是個………的箱子。）

大寫

特定人、事、時、地、物的名字稱為**專有名詞**，與我們前面介紹的普通名詞相反。專有名詞的第一個字母永遠大寫。專有名詞包含了下列三種類型：

類型一

日子、月份、節日：

- Chinese New Year 農曆新年
- Christmas 聖誕節
- January 一月
- July 七月
- March 三月
- Memorial Day 陣亡將士紀念日
- Monday 星期一
- Saturday 星期六
- Tuesday 星期二

類型二

地點、國家或民族、語言、宗教：

- American 美國人
- Canada 加拿大
- Christianity 基督教
- Dutch 荷蘭語；荷蘭人
- Judaism 猶太教
- Islam 伊斯蘭教；伊斯蘭教信徒；伊斯蘭教國家
- Mexican 墨西哥人
- Siberia 西伯利亞
- Tokyo 東京

類型三

人名、頭銜、組織名：

- Dr. Christopher 克里斯托弗醫生／博士
- Ms. Dubois 杜波依斯女士
- Benjamin Franklin 班傑明·富蘭克林
- Marta 瑪塔
- Microsoft 微軟
- Anna Parsons 安娜·帕森斯
- The Red Cross 紅十字會
- Professor Smirnov 斯米爾諾夫教授
- Volkswagen 福斯汽車

習題 8
換你小試身手！

請重寫以下句子：碰到需要大寫的單字，就加上大寫。

1. There is going to be a presentation on the first three presidents of the united states on monday, january 3.
   （在一月三號星期一，將有一場關於美國前三位總統的報告。）

2. Bill gates is the founder of microsoft.
   （比爾·蓋茲是微軟公司的創辦人。）

3. The amazon river in south america is the second-longest river in the world.
   （南美洲的亞馬遜河是世界上第二長的河。）

4. We watched the hollywood classic gone with the wind in my social studies class today.
   （我們今天在社會課上看了好萊塢的經典片——《亂世佳人》。）

限定詞

英文名詞很有意思：名詞們常覺得自己很孤單，因此喜歡找個朋友作伴，我們就稱那個朋友為限定詞，像是 a、the、that、her 等等的字都可算是限定詞。限定詞能夠告訴我們某個名詞指的究竟是哪個人、事、時、地、物。

只要有前後文，如句子、段落或對話，限定詞就可以幫助我們知道某個名詞指的對象是誰。

最常見的限定詞就是**冠詞**。英文有三種冠詞：a、an、the。其中的 a 跟 an 稱為**不定冠詞**，the 稱為**定冠詞**。以下是用到冠詞的幾個例句：

1. I have a pen.
   （我有一支筆。）

2. Jenny ate an apple.
   （珍妮吃了一顆蘋果。）

3. We went to the park on Main Street.
   （我們去了 Main 街上的那座公園。）

你能不能看的出來，上面句子裡的 a pen 跟 an apple，指的是不特定的筆跟蘋果嗎？因為它們用的是不定冠詞 a 跟 an。但是很明顯的，the park on Main Street 指的是某條特定街道（它的名字叫做 Main Street）上面的某座特定公園，所以用的是定冠詞 the。

我們也常把**名詞的所有格**和**所有格形容詞**，拿來當作限定詞。字詞如 Tasha's（塔莎的）、Toyota's（豐田汽車的）、Italy's（義大利的）就是名詞的所有格。而所有格形容詞則是像 my（我的）、her（她的）、their（他們的）那類的字。

1. *Tasha's* cat is so cute!
   （塔莎的貓超可愛！）

2. *Toyota's* job interviews are very challenging.
   （豐田汽車的工作面試超級有挑戰性。）

3. *Italy's* flag is green, white, and red.
   （義大利的國旗是綠色、白色跟紅色的。）

4. Have you ever seen *my* car?
   （你有看過我的車嗎？）

5. She was telling me about *her* job.
（她當時在跟我聊她的工作。）

6. Their house is on the corner of *their* block.
（他們的房子坐落在他們街區的轉角。）

指示代名詞 —— 像是 this（這個）、that（那個）、these（這些）、those（那些）——也可以當作限定詞。

1. *This* coffee is really good.
（這咖啡很讚。）

2. How much is *that* laptop?
（那台筆電多少錢？）

3. Have you tried *these* cookies?
（你有吃吃看這些餅乾嗎？）

4. I have never seen *those* books before.
（我從來沒有看過那些書。）

數量詞也可以當作限定詞使用，像是 each（每個）、every（每個）、some（一些）、any（若干）、many（許多）、much（許多）等等都是數量詞。

1. The teacher gave *each* student a pen.
（那位老師給每個學生一支筆。）

2. We need to put *every* chair in the closet.
（我們需要把每張椅子放進儲藏室。）

3. I ordered *some* sandwiches for lunch.
（我點了一些三明治當午餐。）

4. Do you have *any* pencils?
（你有任何筆嗎？）

5. There are *many* people in the room.
（房間裡有許多人。）

6. I didn't get *much* sleep last night.
（我昨晚睡得不多。）

幫下列句子填入限定詞，若某個空格不需填任何字，請畫叉叉。

1. There is _____ man at _____ front desk in _____ lobby who can help _____ you.
   （在大廳的櫃台有個男人可以幫助你。）

2. I think we need to buy _____ new TV. _____ one in living room is broken.
   （我想我們需要買一台新電視，客廳裡的那台已經壞了。）

3. We met Jane's _____ husband and _____ son at party last night.
   （我們昨晚在派對上見到珍的老公跟兒子。）

4. My sister told me that _____ Franco's is the best French restaurant in _____ city.
   （我姐姐告訴我，Franco's 餐廳是這個城市裡最好的法式餐廳。）

5. Can you ask _____ boss if we can go _____ home early tomorrow?
   （你可不可以問老闆說我們明天能否早點回家？）

不定冠詞：a 跟 an

不定冠詞 a 跟 an 的後面接的是單數可數名詞。當名詞發音以子音開頭，不定冠詞用 a；當名詞發音以母音開頭，不定冠詞用 an。

大多數發音以子音開頭的名詞，該名詞的第一個字母也是子音字母。

1. She has a cat, a dog, a fish, and a monkey.
   （她有一隻貓、一隻狗、一條魚跟一隻猴子。）

2. A man and a woman went to a park near a river.
   （一個男人和一個女人去了一個河邊的公園。）

有的名詞發音雖以子音開頭，但在拼寫上，第一個字母卻是母音字母。例如有些以 eu、o、u 開頭的字就有這種情形：雖然 eu、o、u 是母音字母，但發音聽起來像是子音 y，例子如下。

1. A unicorn wearing a uniform made a U-turn on a unicycle.
    （一隻穿著制服的獨角獸騎著獨輪車迴轉。）

2. A European found a euro near a UFO at the university.
    （一名歐洲人在大學的幽浮附近撿到一歐元。）

大多數發音以母音開頭的名詞，第一個字母也是母音字母。

1. I bought an apple, an egg, and an onion.
    （我買了一顆蘋果、一顆蛋跟一顆洋蔥。）

2. An usher left an umbrella near an academy.
    （一名接待員遺留了一把雨傘在一間學院附近。）

有時候，有的名詞雖發音以母音開頭，拼寫時第一個字母卻是子音字母。像是某些 h 開頭的字就有這種情形，例子如下。

1. I was there for an hour.
    （我在那裡待了一小時。）

2. He is an heir to the throne.
    （他是王位繼承人。）

我們講到「不特定的對象」的時候，通常會使用不定冠詞 a、an，或者乾脆不用任何冠詞（在本書以符號 ∅ 表示）修飾名詞。請看下面段落：

I like bananas. Bananas are delicious and also a good source of vitamins. Bananas are also one of the most inexpensive fruits. I usually eat a banana in the morning with my breakfast.

（我喜歡香蕉。香蕉很美味，而且有豐富的維他命。香蕉也是數一數二便宜的水果。我通常早上吃早餐時會配一根香蕉。）

你有沒有發現，在這一小段文章當中前三次出現的 banana（香蕉），採用的是複數形式的 bananas。原因在於，我們在描述一個概括性的事實時，通常可數名詞會以複數形式呈現。也就是，當我說我喜歡香蕉、香蕉很美味時，我指

的是任何香蕉，而非特定某一根香蕉。到了最後一句，我說 I eat a banana in the morning（我早上吃一根香蕉），之所以用 a banana，是因為我只吃一根。

習題 10
換你小試身手！

在下方空格填上 a 或 an，若不用填任何不定冠詞請寫 ∅。

1. We are staying at ＿＿＿＿＿ hotel on the beach.
   （我們會住在海邊的一家飯店。）

2. Sorry, but I really don't like ＿＿＿＿＿ football.
   （抱歉，但我真的不喜歡足球。）

3. I would rather listen to ＿＿＿＿＿ music than watch ＿＿＿＿＿ TV program.
   （比起看電視節目，我寧願聽音樂。）

4. Frida likes ＿＿＿＿＿ art, so we went to ＿＿＿＿＿ art gallery.
   （芙麗達喜歡藝術，所以我們去了間藝廊。）

定冠詞：the

The 是**定冠詞**。之所以叫做定冠詞，是因為當我們講到特定對象時，用的就是定冠詞。

假如我們認為聆聽者／讀者知道我們講的名詞所代表的對象是什麼，我們就會在名詞前面使用定冠詞 the。通常這樣的情況有三種，第一種是：先前已經提到過該名詞了。

1. I saw a cat and a dog. **The** cat was brown, and **the** dog was black and white.
   （我看到一隻貓跟一隻狗，那隻貓是棕色的，那隻狗是黑白色的。）

2. I went to a party last night. **The** party was a lot of fun.
   （我昨晚去了一場派對，那場派對很好玩。）

3. Jan has a boy and a girl. **The** girl is three, and she's adorable!
（詹有個兒子跟女兒，那個女兒三歲，超級可愛！）

第二種情況是：該名詞所代表的對象，在世上只有一個。

1. **The** president of **the** company is going to speak at **the** annual meeting.
（那間公司的老闆將會在年度大會上致詞。）

2. Look at **the** moon! It's full tonight.
（你看月亮！今晚是滿月。）

3. I'd like to speak to **the** manager, please.
（麻煩讓我跟那位經理講話。）

第三種情況是：你很常造訪某地點或是使用某物，那麼該地點或物品的名詞前面就要使用定冠詞 the。或者是，有前後文或是情境的幫助下、名詞所指對象很明確時，也適用定冠詞 the。

1. I went to **the** post office this morning.
（我今天早上去了郵局。）

2. My mom was cooking in **the** kitchen all day.
（我媽今天整天都在廚房煮飯。）

3. Who is **the** woman standing by **the** window?
（那位站在那扇窗戶旁的女人是誰？）

我們再接著看還有哪些特殊情況需要用定冠詞 the。
使用**最高級形容詞**時，我們用定冠詞 the。最高級形容詞用來形容某名詞達到某特性的極端值，而當某名詞已經是某特性的上限或下限時，它理所當然就是這世上的唯一存在，所以應使用定冠詞 the，例如 the tallest（最高的）、the oldest（最老的）、the best（最棒的）。

1. Marco is **the** tallest player on the team.
（馬可是隊伍中最高的。）

2. Contrary to popular belief, the Brooklyn Bridge is not **the** oldest bridge in New York City.
（與大眾認知的不同，布魯克林大橋並非紐約市最古老的橋。）

當我們對某個物種或是某種事物做概括性描述時，也用定冠詞 the：

1. **The** koala bear is native to Australia.
   （無尾熊是澳洲原生物種。）

2. **The** brain is the control tower of the body.
   （腦袋是身體的塔台。）

談到樂器的時候，也要用定冠詞 the：

1. Sergei plays **the** guitar really well.
   （謝爾蓋很會彈吉他。）

2. My sister is learning **the** piano now.
   （我妹妹正在學鋼琴。）

講到系統或服務設施時，也是用定冠詞 the：

1. How do you spend your time on **the** train?
   （你在火車上都如何打發時間？）

2. I love to listen to that program on **the** radio.
   （我喜歡收聽收音機的那檔節目。）

3. I really think you should tell **the** police about it.
   （我真的覺得你應該向警方説這件事。）

例外：我們講到 radio（收音機）、news（新聞）、Internet（網路）的時候，前面
　　　都要加上 the（如 the radio）。可是有時候我們説 television（電視，縮寫為
　　　TV）時，不需要加 the。

在 rich（有錢的）、poor（貧窮的）、elderly（年老的）、unemployed（失業的）等等
的形容詞前面加上定冠詞 the 的話，可以變成複數集合名詞片語，泛指具該形
容詞特性的一群人。

1. This organization provides services to **the** poor.
   （這個組織服務窮人。）

2. Many people insist that **the** rich pay more taxes.
   （許多人主張有錢人應該繳更多税。）

3. Frances works for an NGO that helps **the** disabled.
（法蘭西斯為一個非政府組織工作，該組織幫助身心障礙人士。）

<u>例外</u>：談論種族時，不會使用定冠詞 the。比方說。我們不會說 the whites（白人）或 the blacks（黑人）。

以下是更多關於定冠詞 the 的特殊情形。在以下情況會用 the：

組織名稱的首字母縮寫：the FBI（美國聯邦調查局）、the CIA（美國中央情報局）、the KGB（蘇聯國家安全委員會）、the UK（聯合王國／英國）。

劇院／戲院、飯店、餐廳、博物館：the Taj Mahal（泰姬瑪哈陵）、the Shubert Theater（舒伯特劇院）、the Hilton Hotel（希爾頓飯店）、the Rainbow Room（彩虹餐廳）、the Metropolitan Museum（大都會藝術博物館）、the Colosseum（羅馬競技場）。

名稱裡有 of（屬於）、kingdom（王國）、republic（共和國）、states（州、邦）的國家：the United States of America（美利堅合眾國／美國）、the People's Republic of China（中華人民共和國／中國）、the United Kingdom（聯合王國／英國）。

國家名稱是複數名詞：the Netherlands（荷蘭）、the Philippines（菲律賓）、the Bahamas（巴哈馬）。

家族姓氏：the Lees（李氏家族）、the Patels（帕特爾家族）、the Russos（羅素家族）。

自然景觀或地理位置，例如沙漠、群島、山脈、河流、海洋：the Sahara Desert（撒哈拉沙漠）、the Canary Islands（加那利群島）、the Swiss Alps（瑞士阿爾卑斯山脈）、the Amazon River（亞馬遜河）、the Atlantic Ocean（大西洋）。

新聞報紙：The Times of India（印度時報）、The Japan Times（日本時報）、The Washington Post（華盛頓郵報）。

組織：the Trevor Project（崔佛生命線）、the United Nations（聯合國）、the Teamsters Union（全國貨車司機工會）。

船、交通工具：the Queen Mary（瑪莉皇后號）、the bullet train（子彈列車）、the Mayflower（五月花號）。

以下情形不使用定冠詞 the：

視為一個單字去發音的首字母縮寫字：NASA（美國國家航空暨太空總署）、LASER（雷射）、NATO（北大西洋公約組織）、SCUBA（水肺）。

機場、體育場、公共建築：Dulles Airport（華盛頓杜勒斯國際機場）、Fenway Park（芬威球場）、City Hall（市政府）。

疾病：Alzheimer's disease（阿茲海默症）、Parkinson's disease（帕金森氏症）、HIV（愛滋病毒）。

湖泊：Lake Geneva（日內瓦湖）、Lake Como（科莫湖）、Lake Michigan（密西根湖）。

人名、城市、城鎮：George Washington（喬治‧華盛頓）、Helsinki（赫爾辛基）、Mayberry（梅伯里）。

學校、大學：Princeton University（普林斯頓大學）、Trinity College（三一學院）、Oxford University（牛津大學）。

書名、電影名、劇名：War and Peace（戰爭與和平）、Casablanca（北非諜影）、Hamlet（哈姆雷特）。

例外：

城市名字本身就有 the：The Plains, Virginia（維吉尼亞州平原鎮）、The Bronx, New York（紐約市布朗克斯區）、The Hague, the Netherlands（荷蘭海牙）。

以店主名字作為店名的餐廳、酒吧、零售店：Joe's Pub（喬酒吧）、McSorley's Ale House（麥時利酒吧）、Cartier Jewelers（卡地亞珠寶）、Saks Fifth Avenue（薩克斯第五大道）。

某些公司：The Art of Shaving（刮鬍學問）、The Kraft Group（卡福特公司）、The Limited（一家美國服裝零售商）、The Walt Disney Company（華特迪士尼公司）。

習題 11
換你小試身手！

請回答下列問題。回答的時候，請注意名詞前面該使用不定冠詞 a、an，還是定冠詞 the，還是無須任何冠詞。

1. What pet do you have? (Think of your pet, or imagine that you have a pet. Tell us who has the pet, what kind of pet it is, and what color it is.)
你有什麼寵物？（想想你的寵物，或者假裝你有寵物。寫下寵物主人是誰、寵物是哪一種動物、還有牠的顏色。）

I have _____.
（我有……）

2. What do you think of when you see the stars, the moon, or the sun?
當你看到星星、月亮、太陽的時候時，你想到什麼？

When I see _____.
（當我看到……）

3. Which room of your house do you like the best? Answer that and also write about one or two of your favorite things in that room.
你最喜歡你家裡的哪個房間？回答這個問題，並寫下你在那個房間裡最喜歡的一、兩個物件。

I prefer _____. In that room, I really like _____.
（我比較喜歡……。在那個房間裡，我非常喜歡……）

4. What music do you like? Write about that and also write about a musical instrument that you like to listen to or one that you would like to play.
你喜歡什麼樣的音樂？回答前面問題，並寫下你喜歡聽的一項樂器，或是你想彈奏的一項樂器。

I like _____.
（我喜歡……）

5. Where do your neighbors or friends like to go? Write about some of your neighbors or friends, using their family name. Mention which attractions in your city (museums, theaters, historical places, etc.) they like to go.
在你住的城市中，你的鄰居或朋友都喜歡去哪裡玩？寫寫關於你的鄰居或朋友，並且在句子中用到他們的家族姓氏。寫下他們喜歡去的景點（如博物館、戲院、歷史景點等等）。

My friends _____.
（我朋友……）

所有格形容詞

另一種可當作限定詞的詞性，就是**所有格形容詞**。所有格形容詞包含了 his（他的）、her（她的）、my（我的）、your（你的／你們的）、our（我們的）、their（他們的／未指明性別的他的或她的）、its（它的／牠的）、whose（誰的）以及 one's（某人的、任何人的）。如同前面所學的 a、an、the，所有格形容詞也是放在名詞前面做限定詞用，可以指出該名詞屬於誰，或是該名詞與誰有關。

1. Have you seen *my* pen?
   （你有看到我的筆嗎？）

2. *Your* hair looks nice today.
   （你今天的髮型看起來很不錯。）

3. I spent an hour looking for *their* house.
   （我花了一小時在找他們的家。）

4. Do you know *whose* dog this is?
   （你知道這是誰的狗嗎？）

5. Sometimes it isn't easy solving *one's* problems alone.
   （有時候，獨自解決自己的問題並不容易。）

既然所有格形容詞已經作為限定詞使用，那就不需要再併用其他限定詞了。你可以說 This is *my* pen（這是我的筆），而非 This is *the my* pen。

有時候，當我們講到某人的身體發生某事時，像是受傷或是生病，這時限定詞用的不是所有格形容詞，而是冠詞。

1. During the storm, the tree branch fell and hit Jay on *the* head.
   （在那場暴風雨中，樹枝掉了下來並打到了傑的頭。）

2. Her CAT scan showed a spot on *the* lungs.
   （她的電腦斷層掃描顯示她的肺部上有一個斑點。）

3. He fell when the ball hit him on *the* back. （球擊中他的背，他就跌倒了。）

但如果我們只是單純描述某人的身體部位，而非該部位發生某事（如生病、受傷），這時限定詞就要用所有格形容詞。

1. There was a snake sitting on *her* shoulders.
   （那時候有隻蛇在她的肩頭上。）

2. He has two puppies on *his* lap.
（他的大腿上有兩隻小狗。）

3. I was sitting on the sofa with *my* eyes closed, listening to the music.
（當時候我閉著雙眼坐在沙發上，聽著音樂。）

按下「傳送」之前
先停、看、聽！

究竟該說 him and I 還是 him and me ？

許多人從以前學的就是錯誤的文法，會寫 him and I 或是 her and I，就連英語母語人士也不例外。只要受格有超過一個以上代名詞，就容易發生這種錯誤，其實正確的寫法應該是 him/her/them and **me**。如果要確認你寫的是對或錯，試試看把除了 I 以外的受格去掉、只留下 I，看看文法是否正確。舉例來說，在 Bring that pizza to him and I 這個句子中，若去掉 him，句子就會變成 Bring that pizza to I，此時就會發現這樣的文法是不正確的（to 後面應該接受格，所以應為 me），所以即可知正確寫法為 Bring that pizza to him and **me**。

習題 12
換你小試身手！

幫以下句子填空，填入正確的限定詞，例如所有格形容詞（his、her）或冠詞（a、an、 the），若不需任何限定詞，請填 ∅。

1. I can't find ＿＿＿＿＿＿ pen, so can I borrow ＿＿＿＿＿＿ pen or pencil?
（我找不到＿＿原子筆，我可以借＿＿原子筆或鉛筆嗎？）

2. I saw Daniela today. The stylist did a great job on ＿＿＿＿＿ hair.
（我今天看到丹妮拉，那位髮型師把＿＿頭髮整理的很好。）

3. Diego had shoulder pain because he got hit in ＿＿＿＿＿＿ shoulder playing softball.
（迪亞哥的＿＿肩膀痛，因為他在打壘球時肩膀被擊中。）

指示代名詞

限定詞的最後一個種類就是**指示代名詞**，包含了 this（這個）、these（這些）、that（那個）、those（那些）。這四個字可以當作限定詞放在名詞前面，或是直接代替名詞。

指示代名詞放在名詞前面做限定詞用，指示代名詞後面的名詞可以指人、事、時、地、物。

1. **This** book will help you with your English.
   （這本書可以幫助你學習英文。）

2. **These** students have been working very hard.
   （這些學生一直很努力。）

3. **That** woman is the CEO of this company.
   （那位女性是這間公司的執行長。）

4. **Those** cars were made before World War II.
   （那幾輛車是在第二次世界大戰之前生產的。）

當名詞所指的人、事、物，在距離上比較靠近我們，我們會用 this（這個）跟 these（這些）；相反地，若名詞所指的人事物離我們比較遠，我們限定詞就會用 that（那個）跟 those（那些）。

1. **This** coffee mug is my favorite.
   （這個咖啡杯是我的最愛。）

2. Can you put **these** books on the shelf?
   （你可以把這些書放到架上嗎？）

3. Have you been to **that** restaurant before?
   （你有去過那間餐廳嗎？）

4. Look at the line in front of the theater! **Those** people have been waiting a long time.
   （你看那劇院前面的隊伍！那些人已經等了好一段時間了。）

若名詞所指的事正在發生或即將發生，其限定詞會用 this（這個）或 these（這些）；相反地，若名詞所指的事已經結束，限定詞則會用 that（那個）或 those（那些）。

1. **This** movie is going to be fun.
    （這部電影一定會很有趣。）

2. **These** training meetings can be boring.
    （這些培訓會議大概會很無聊。）

3. **That** was a delicious pizza.
    （那個披薩很好吃。）

4. I think **those** days in high school were a lot of fun.
    （我覺得過去高中的那些日子很有趣。）

**習題 13
換你小試身手！**

判斷下面五個句子的文法正確與否。若不正確，請將句子修改正確。

1. I think these are the best cookies I've ever eaten.
    （我認為這些是我吃過最好吃的餅乾。）

2. That is a great party! Don't you love this music?
    （那場派對真棒！你難道不愛這音樂嗎？）

3. You should go there. I've been to this restaurant many times. You'll love it.
    （你應該去那的。我去過那家餐廳很多次，你肯定會喜歡的。）

4. This employees have worked very hard this month.
    （這些員工這個月工作得很認真。）

5. Look at this photo from college. Do you remember that girls?
    （看看這張大學時拍的照，你記得那些女孩嗎？）

數量詞

放在名詞前面修飾名詞數量的字——如 some（一些）、both（兩者）、many（許多）——稱為數量詞。接下來我們就來探索數量詞這種修飾語，學習它們如何運作。

Some（一些）、Any（若干）

當我們不確定或不知道名詞所指對象的數量時，我們就會用 some 跟 any 在名詞之前。若無須講出確切數量，我們就可以用 some 跟 any。而在 some 跟 any 這兩個字後面接的名詞，可以是複數可數名詞，也可以是不可數名詞。至於 some 跟 any 的差別在：some 通常用於肯定句，any 用於否定句跟疑問句。

1. （肯定句）I put some Parmesan cheese on my pizza, and it was delicious.
   （我撒了一些帕馬森起司在我的披薩上，吃起來很好吃。）

2. （肯定句）I have **some** time tomorrow for a meeting. How does your schedule look?
   （我明天有一些空閒時間可以開會，你的行程如何？）

3. （否定句）We don't have **any** milk, so we can't make pancakes.
   （我們沒有任何牛奶了，沒辦法做鬆餅了。）

4. （疑問句）Do you have **any** ideas for Anika's birthday?
   （關於艾妮卡的生日，你有任何想法嗎？）

如果名詞前面已經有了限定詞（例如 the 或 those），還要加數量詞的話，我們會用 some of 或 any of。

1. I'm going to use **some of** the eggs to make a cake.
   （我要用一些蛋做蛋糕。）

2. I met **some of** her friends at a party.
   （我在一個派對上認識她的幾個朋友。）

3. I don't believe **any of** those students actually studied.
   （我不認為這些學生之中有任何人讀書。）

4. Would **any of** your friends like a cat?
   （你有沒有任何朋友想要一隻貓？）

some（一些）跟 any（若干）也可以獨立存在，不需要放在名詞之前。

1. Let me know if you have **any** extra sunscreen. I need **some**.
   （如果你有任何多餘的防曬乳就告訴我，我需要一些。）

2. The donuts in the conference room are homemade. Have you had **any**?
   （會議室的那些甜甜圈是家裡自製的，你有吃一些嗎？）

some 這個字的後面緊接著的單數名詞，意味著那個單數名詞是一個不知名的對象或事物。

1. **Some** guy on the train stepped on my foot.
（在火車上有某個不知名的傢伙踩到我的腳。）

2. Min got a job with **some** tech company in Silicon Valley.
（敏敏在矽谷的某家科技公司找到工作。）

當句子或問句帶有邀請意涵，也可以用 some。

1. If you'd like **some** help with your homework, call me.
（如果功課上你需要任何幫忙，打給我。）

2. Would you like **some** tea or coffee for dessert?
（你要不要來點茶或咖啡來配甜點？）

習題 14
換你小試身手！

在下列空白處填入 some（一些）或 any（若干）。

1. Why don't you put _____ sugar or maple syrup on your oatmeal?
（何不在你的燕麥粥裡加些糖或楓糖漿？）

2. Do you have _____ time to have a meeting tomorrow?
（你明天有沒有時間可以開會？）

3. Would you like _____ mustard or ketchup on your fries?
（你想要在你的薯條上淋些芥末或番茄醬嗎？）

4. I need _____ hair wax. Do you have _____ ?
（我需要一些髮蠟。你有嗎？）

5. Here are the exam results. _____ of you passed the exam, and _____ of you didn't'. If you have _____ questions about your grades, come see me after class.
（這是這次的考試成績。你們之中有些人有通過，有些人沒有。如果你們對成績有任何問題，下課後來找我。）

Each（每個）、Every（每個）

當我們在整體的一群人、事、物之中，要指稱單獨的個體時，我們就可以用 each 跟 every 來修飾名詞。each 跟 every 後面接的名詞，一定是單數可數名詞。大多數情況下，each 跟 every 是可以交替使用的，特別是在修飾時間的時候。

1. Ahmed works hard **each** day.
   （艾哈邁德每天認真工作。）

2. Ahmed works hard **every** day.
   （艾哈邁德每天認真工作。）

3. **Each** year, we get older and wiser.
   （每年，我們都變得更老、更有智慧。）

4. **Every** year, we get older and wiser.
   （每年，我們都變得更老、更有智慧。）

不過，each 跟 every 還是有細微的差異。當我們把 each 放在名詞前，意味著我們把該名詞群體的成員視為一個個的個體。也就是說，當某名詞指的是一群東西或一群人，若用 each 作為其數量詞，表示我們強調的是該群體的「每一個」成員。

1. **Each** pen has the company logo on it.
   （每一支筆上面都有公司的商標。這意味著，在這一群筆裡面，隨便拿一支起來看，上面都有公司的商標。）

2. **Each** student will have an opportunity to talk to the teacher.
   （每位學生都有機會跟老師對談。這意味著，這群學生裡，任何一位學生都有機會輪流獨自跟老師對談。）

相反的，當我們用 every 在名詞前面時，我們是將所有成員為視為群體的一部份、並不把它們個別看待，也就是說，every 的意思接近「所有（all）」。

1. **Every** person on the tour receives a map and a rain hat.
   （每個／所有參加導覽的人都收到一張地圖跟一頂雨帽。）

2. **Every** guest at the party had fun.
   （每個／所有參加派對的賓客都玩得很盡興。）

當所指對象只有兩個，我們用的是 each（每個）而非 every（每個）。

1. Jim has a bottle of water in **each** hand.
   （吉姆的兩隻手上各拿著一瓶水。）

2. Married life is sometimes not easy. **Each** person needs to compromise sometimes.
   （婚後生活有時候並不容易。兩個人有時都要妥協。）

若數量詞之後、名詞片語之前有 of，則我們會使用 each，而不是 every。

1. **Each** of these pens has the company logo on it.
   （這裡的每一支筆都有公司的商標在上面。）

2. **Each** of you should follow me.
   （你們每一個人都應該跟著我。）

若要描述時刻，或是時鐘上的時間，用 every（每個）。

1. The bus comes **every** hour.
   （這台公車每個小時來一班。）

2. **Every** ten minutes the phone rang.
   （每隔十分鐘這支手機就響一次。）

習題 15
換你小試身手！

判斷下列句子文法正確與否。若文法不正確，請修改為正確的文法。

1. He gets a checkup at the doctor's office each six months.
   （他每六個月會到這位醫生的診間做健康檢查。）

2. Each of you can have a cookie.
   （你們每個人都能拿到一片餅乾。）

3. I'm going to give a booklet to every person in the room.
   （我會發給在座各位一人一本小冊子。）

4. The clown balanced a bottle on every foot.
   （小丑的雙腳上各頂著一個瓶子。）

5. Every time he saw her, he fell more deeply in love with her.
    （每次只要見到她，他都更加愛上她。）

Many（許多）、Much（許多）、a Lot of（大量、許多）

我們用 much 跟 many 表示某名詞所指對象的數量很多。many 跟 much 的差別在於：many 後面加可數名詞，much 加不可數名詞。也就是說，many 加可數名詞，可以表示該可數名詞數量很多，much 加不可數名詞，可以表示該不可數名詞的數量很大。

1. I have **many** ideas for the weekend.
    （關於這個週末，我有許多主意。）

2. **Many** people in the United States like to eat pizza.
    （在美國，許多人喜歡吃披薩。）

3. I don't have **much** time this week.
    （我這個星期時間不多。）

4. Did you do **much** research on this subject?
    （關於這個主題，你有做很多研究嗎？）

many 可用在肯定句、否定句，或者疑問句

1. I have **many** ideas for the weekend.
    （這是肯定句，意思是：關於這個週末，我有許多主意。）

2. José just moved to Milwaukee and doesn't have **many** friends.
    （後半句是否定句。全句意思是：荷西剛搬到密爾瓦基，他在這裡朋友不多。）

3. Do you have **many** books and CDs?
    （這是疑問句。你有很多書跟光碟嗎？）

在肯定句中，much 跟 many 前面也可以加上修飾語如 so（非常）或 too（太、過於）。

1. There were so **many** people on the train this morning.
    （今天早上火車上非常多人。）

2. I had too **many** cups of coffee this morning. I really need to cut down.
    （我今天早上喝太多咖啡了。我真的該喝少一點。）

3. There was too **much** snow last winter.

（去年冬天下太多雪了。）

4. I am so happy that we have so **much** time to spend together.

（我好開心我們可以共度這麼多時間。）

Much 通常用於否定句跟疑問句。另外，若要在肯定句中使用數量詞去修飾不可數名詞，通常不會用 much，而是用 a lot of（大量、許多）。

1. I don't have **much** time this week.

（否定句。我這個星期時間不多。）

2. Do you have **much** work to do this week?

（疑問句。你這星期有很多工作要做嗎？）

3. I think we'll have **a lot of** snow this winter.

（肯定句。我想今年冬天會下很多雪。請注意，因為是肯定句，所以不能說 I think we will have much snow this winter。）

不過，a lot of（大量、許多）不僅可以修飾不可數名詞，也可以修飾複數可數名詞，而且不限肯定句、否定句或疑問句。

1. I have **a lot of** ideas for the weekend.

（肯定句。關於這個週末，我有許多主意。）

2. I don't have **a lot of** time this week.

（否定句。我這個星期時間不多。）

3. Do you have **a lot of** experience with that software?

（疑問句。你使用那個軟體的經驗多嗎？）

習題 16
換你小試身手！

用 much 或 many 幫下列句子填空，若不能填 much 或 many，請填 a lot of。

1. Greg doesn't have ＿＿＿＿＿ friends, even though he's lived here a year.

（格雷格朋友不多，儘管他已經在這裡生活了一年。）

2. I don't think we have _____ time to visit that museum.
   （我覺得我們時間不夠去參觀那間博物館。）

3. There was _____ rain last month, and that's why we have so _____ flowers.
   （上個月下了很多雨，所以花才開得如此多。）

4. I think too _____ people don't realize how _____ effort it takes to run a business.
   （我覺得太多人不明白經營事業需要花費多大的心力。）

5. The rooms in this house have so _____ space.
   （這棟房子裡的房間都好大。）

a few（一些）、a little（一些）

概述： 我們用 a few 跟 a little 表示少量的人、事、物。它們的差別在於：a few 後面接的是複數可數名詞，例如 a few pens（一些筆）或 a few chairs（幾張椅子），而 a little 後面接的是不可數名詞，如 a little water（一些水）或 a little time（一些時間）。

a few 跟 a little

a few 跟 a little 都帶有肯定的語氣，所以如果使用 a few 跟 a little 修飾名詞，表示該人、事、物雖然數量不多，但對你而言已經足夠了。

1. I have **a few** friends who are English teachers.
   （我有一些朋友是英文老師。）

2. There are **a few** peaches in the fridge. Why don't you try one?
   （冰箱裡有一些水蜜桃。你何不嘗一個看看？）

3. I have **a little** free time, so I'm going shopping before work.
   （我還有一些空檔，所以我要在上班前去逛街購物。）

few（很少）跟 little（很少）

相反地，few 跟 little（注意：這時它們的前面沒有加 a）就帶有否定的意味。使用 few 跟 little 修飾名詞，表示該人、事、物的數量並不夠、你覺得太少了。

1. **Few** people get the chance to meet a celebrity. That's too bad.
   （很少有人有機會見到名人。真是太慘了。）

2. There are **few** pens left. We need to order some.
（這裡只剩下不多筆。我們需要再訂幾支。）

3. There's **little** time to prepare for the exam. I wish there was more.
（準備考試的時間不多，真希望有更多時間。）

4. There's **little** milk left, so it's not enough for a bowl of cereal.
（只剩一點點牛奶，對一碗麥片來說太少了。）

習題 17
換你小試身手！

請判斷下列句子使用 a few、a little、few、little 的時機是否正確。

1. Roberto has a few good ideas for marketing our products, so I think we'll sell a lot.
（在我們的產品行銷上，羅伯托有一些好主意，我想我們會賣得很好。）

2. I have so much to do but so a little time. I don't think I can manage.
（我有好多事要做，但時間卻好少，我想我忙不過來。）

3. There was little rain over the weekend so we had a great time camping.
（過去這個週末雨下得不多，所以我們露營得很順利。）

4. I've saved a few money, so I can finally get that new laptop.
（我存了一些錢，終於可以買那台新筆電了。）

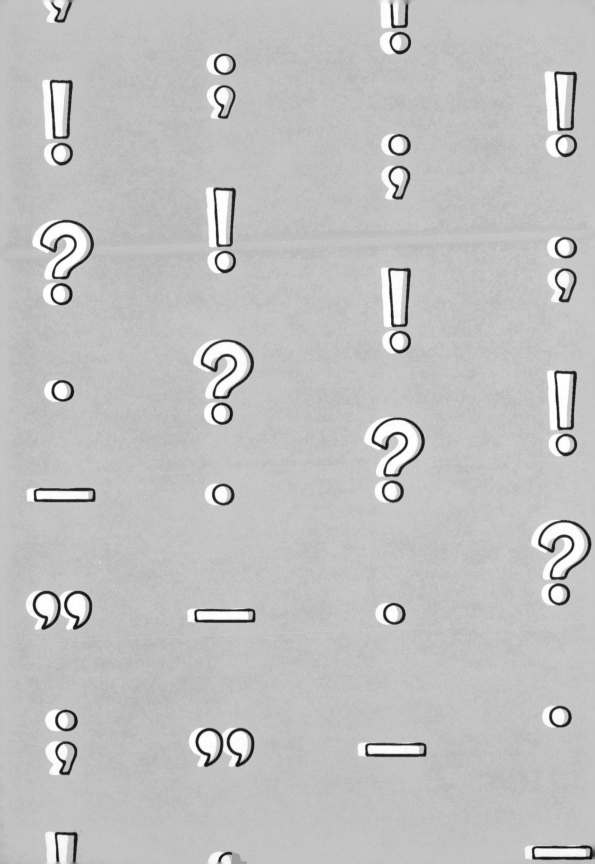

第 2 章

形容詞
Adjectives

用來形容名詞的字就是**形容詞**。

形容詞可以放在名詞前面修飾名詞，也可以放在 be 動詞後面（見後面關於動詞的章節）來修飾名詞。car 不過就是車，沒什麼稀奇的，但是加上形容詞 sleek、red、sports，就變成 sleek red sports car（流線型的紅色跑車），這不是聽起來有趣多了嗎？

形容詞最簡單的用法就是放在名詞（如 car 車）前面，不過我們也可以將形容詞放在 be 動詞後面，或是 feel、seem、look 這類的動詞後面，去修飾名詞。

1. I am **glad** you like your present.
   （我很高興你喜歡你的禮物。）

2. I feel **tired**, so I'm going to take a nap.
   （我覺得好累，我要打個瞌睡。）

3. It seems **cold** outside. Please bundle up.
   （外面看起來似乎很冷，請穿暖和點。）

形容詞常放在名詞前面使用，可以提供更多關於該名詞的資訊和狀態。

1. He has a **new** pen.
   （他有一支新的原子筆。）

2. We had a delicious pizza.
   （我們吃了個美味的披薩。）

單位詞的後面常接形容詞。

1. The pond in Central Park is about one foot **deep**.
   （中央公園的池塘大約有一英呎深。）

2. My sister is two years **younger** than me.
   （我妹妹比我小兩歲。）

至於 so（非常）跟 such（真、如此）的用法，so 的後面直接加形容詞，而 such 後面則接名詞片語。此處名詞片語指的是形容詞加名詞形成的片語，如 warm day（暖和的日子）或 nice guy（很好的人）。

1. It's **so** warm today. → It's **such** a warm day.
   （今天天氣真暖和。→今天真是個暖和的天氣。）

2. He's **so** nice. → He's **such** a nice guy.
   （他人真好。→他真是個好人。）

nice and（令人愉快地）之後加一個形容詞，可以表示某人、事、物很舒適、舒服或令人愉快。

1. Mom's chicken soup will make you feel **nice and** warm.
   （媽媽的雞湯會讓你覺得很溫暖很棒。）

2. We got to the airport **nice and** early, so we had a drink in the lounge.
（我們早早就到機場，所以我們在貴賓室喝了一杯。）

習題 18
換你小試身手！

試試以下這個有趣的文字遊戲：

A. 寫下一個形容年紀、存在時間的形容詞，例如：new（新的）、old（舊的；老的）、modern（現代的）等等。

B. 寫下一個形容特質、品質的形容詞，例如 good（好的）、terrible（糟糕的）、fancy（昂貴的、豪華的）等等。

C. 寫下一個形容食物味道的形容詞，例如 yummy（好吃的）、delicious（美味的）、sour（酸的）等等。

D. 寫下一個形容顏色的形容詞，例如 blue（藍色的）、tan（棕褐色的）、red（紅色的）等等。

E. 寫下一個形容形狀的形容詞，例如 square（正方形的）、round（圓的；球形的）、triangular（三角形的）等等。

F. 寫一個數字。

G. 再寫一個形容特質、品質的形容詞，例如 good（好的）、terrible（糟糕的）、fancy（昂貴的、豪華的）等等。

接著，把你剛剛寫的字，依照題目的依序填入以下的空格中，接著讀讀看整個段落：

Zhang Li decided to cook dinner. He bought an _____A_____ cookbook that has _____B_____ recipes. When he saw a recipe for chicken soup, he thought to himself, This looks _____ C _____ . So he went to the store and got some nice _____ D _____ carrots and a nice _____ E _____ onion. Then he went home and cooked the soup. He made a mistake with the time and ended up cooking the soup _____ F hours longer than he should have. His family thought the soup was _____ G _____ .

（李章決定煮晚餐。他買了一個 A 的烹飪書，書裡的食譜很 B 。當他看到雞湯的食譜時，他心想：「這看起來很 C 。」於是他去了趟商店，買了一些 D 的胡蘿蔔跟一顆 E 的洋蔥。接著他回到家煮了雞湯，但是他沒算好時間，把雞湯多熬了 F 小時。他的家人都覺得那雞湯喝起來很 G 。）

定語形容詞和表語形容詞

形容詞可分為兩種，一種是只能放在名詞前面修飾名詞的定語形容詞，另一種則是表語形容詞，只能放在名詞之後修飾名詞。

一些常見的定語形容詞有 chief（首要的；首席的）、elder（年長的）、main（主要的）、total（全部的）、utter（完全的）等等。

1. 我們可以說 *the chief advisor*（首席顧問），不可以說 *the advisor is chief*。

2. 我們可以說 *his elder sister*（他的姐姐），不可以說 *his sister is elder*。

3. 我們可以說 *the main office*（主辦公室），不可以說 *the office is main*。

4. 我們可以說 *this is the total price*（這是總金額），不可以說 *the price is total*。

5. 我們可以說 *he is an utter fool*（他完全是個蠢蛋），不可以說 *he is utter*。

一些常見的表語形容詞有 afraid（害怕的）、alive（活著的）、ashamed（感到羞愧的）、asleep（睡著的）、aware（知道的）。

1. 我們可以說 *the children were afraid*（小孩們很害怕），不可以說 *the afraid children*。

2. 我們可以說 *the plants are alive*（這些植物是活著的），不可以說 *the alive plants*。

3. 我們可以說 *the man was ashamed*（這個男人曾經是羞愧的），不可以說 *the ashamed man*。

4. 我們可以說 *the dog is asleep*（狗是睡著的），不可以說 *the asleep dog*。

5. 我們可以說 *the workers were aware*（工人當時是知道的），不可以說 *the aware workers*。

習題 19
換你小試身手！

請判斷下列句子的形容詞用法是否正確，若錯誤，請修改成正確寫法。

1. A toaster is useful something to have in the kitchen.
   （烤麵包機在廚房裡會很有用。）

2. We need to find someone experienced to do this job.
   （我們必須找個有經驗的人來做這個工作。）

3. In the story, the characters live at the bottom of the deep, blue sea.
   （在故事中，角色們住在又深又藍的海底。）

4. She told me that she has a suitcase big for her trip to Europe.
   （她告訴我她有個大行李箱可以用於她的歐洲之旅。）

5. There was an asleep child on the sofa.
   （沙發上有個睡著的小孩。）

形容詞的順序

名詞前面若有超過兩個以上形容詞，則這些形容詞有一定的擺放順序。決定形容詞擺放位置的關鍵是：它是分類形容詞還是描述形容詞？分類形容詞顧名思義，指的是可以將名詞分門別類的形容詞，通常描述的是客觀事實。

一些分類形容詞的例子有：

- **building** blocks 積木
- **financial** advice 財務諮詢
- **medical** equipment 醫療設備
- **medieval** castle 中世紀城堡
- **musical** instrument 樂器
- **political** party 政黨
- **portable** computer 可攜電腦
- **running** shoes 運動鞋

而描述形容詞則用來形容名詞的特質，通常較為主觀，以下是一些描述形容詞的例子：

- **comfortable** shoes 舒服的鞋子
- **glass** decanter 玻璃酒瓶
- **good** advice 好的建議
- **modern** physics 近代物理學
- **new** computer 新的電腦
- **popular** party 受歡迎的黨派
- **small** blocks 小積木
- **sophisticated** equipment 精密的設備

形容詞的擺放順序是：描述形容詞在前，分類形容詞在後。

- **comfortable running** shoes 舒服的運動鞋
- **good financial** advice 好的財務諮詢
- **modern quantum** physics 現代量子力學
- **new portable** computer 新的可攜電腦
- **popular political** party 受歡迎的政黨
- **sophisticated medical** equipment 精密的醫療設備

綜合前述，也就是說，通常主觀意見在前、客觀事實在後。如果形容詞有三個以上，形容詞之間會使用逗號。

- **good, accurate financial** advice 好的、精確的財務諮詢
- **inexpensive, wooden building** blocks 平價的木製積木
- **popular, new political** party 新的、受歡迎的政黨
- **sophisticated, modern medical** equipment 精密的、現代的醫療設備

而描述形容詞又依以下順序排列：尺寸、年齡、形狀、顏色、來源、材質。例句如下：

Visha has a **small, old, round, black, Japanese wooden** box.
（維沙有一個小的、老舊的、圓形的、黑色的、日本製的木頭箱子。）

然而，雖然上句形容詞依照正確順序排列，但是因為名詞前面用了超過兩到三個以上形容詞，句子讀起來還是怪怪的、不自然。

José has **comfortable, old, blue, nylon running** shoes.
（荷西有雙舒適的、舊的、藍色的尼龍運動鞋。）

**習題 20
換你小試身手！**

---

1. 下面有三個形容詞，你能分別列出它可以搭配的名詞嗎？越多越好。

   Medical（醫療的）: _____

   Portable（便攜的）: _____

   Glass（玻璃的）: _____

2. 延續上一題，挑其中一組形容詞加名詞的組合，試著以正確順序再加上新的形容詞，用到形容尺寸、年齡、形狀、顏色、來源、材質的形容詞。

形容詞的比較級與最高級

比較人、事、物時，需要用到形容詞。若只有兩個比較對象，用**形容詞比較級**；若比較的對象大於兩個，用**形容詞最高級**。

至於如何將形容詞變成比較級形式或是最高級形式，要看形容詞的音節數量。若形容詞只有一個音節（意即，發音時只有一個母音），例如 big（大的）、low（低的）、small（小的），只要在字尾加上 **er** 就可形成其比較級形式，在字尾加 **est** 則可形成其最高級形式。

- big…bigger…biggest（大的…較大的…最大的）
- clean…cleaner…cleanest（乾淨的…較乾淨的…最乾淨的）
- fat…fatter…fattest（胖的…較胖的…最胖的）
- high…higher…highest（高的…較高的…最高的）
- low…lower…lowest（低的…較低的…最低的）
- quick…quicker…quickest（快的…較快的…最快的）

若形容詞有兩個以上音節，在形容詞前加上 *more* 即可形成其比較級，加上 *the most* 則可形成其最高級。

- careful…more careful…most careful（謹慎的…較謹慎的…最謹慎的）
- difficult…more difficult…most difficult（困難的…較困難的…最困難的）
- important…more important…most important（重要的…較重要的…最重要的）
- intelligent…more intelligent…most intelligent（聰明的…較聰明的…最聰明的）
- peaceful…more peaceful…most peaceful（和平的…較和平的…最和平的）
- thoughtful…more thoughtful…most thoughtful（體貼的…較體貼的…最體貼的）

有的形容詞字尾為 y，此時將字尾 y 改成 ier 便可形成其比較級，將字尾 y 改成 iest 則可形成最高級。

- angry…angrier…angriest（生氣的…較生氣的…最生氣的）
- busy…busier…busiest（忙碌的…較忙碌的…最忙碌的）
- comfy…comfier…comfiest（舒適的…較舒適的…最舒適的）
- dusty…dustier…dustiest（有灰塵的…較有灰塵的…最多灰塵的）
- happy…happier…happiest（開心的…較開心的…最開心的）
- pretty…prettier…prettiest（漂亮的…較漂亮的…最漂亮的）

習題 21
換你小試身手！

看看你的周圍環境，挑出三樣物件，先用前面學過的比較級去比較其中兩樣物品，再用最高級比較三樣物品。

分詞形容詞

分詞形容詞，顧名思義就是動詞的分詞作為形容詞使用。動詞分詞可由動詞字尾加 ed（過去分詞）或 ing（現在分詞）形成。例子有：

- amaze…amazed…amazing （動詞）
  使…驚艷 __（形容詞）感到驚艷的 __（形容詞）令人驚艷的
- amuse…amused…amusing（動詞）
  逗樂…__（形容詞）被逗樂的 __（形容詞）令人發笑的
- bore…bored…boring（動詞）
  使…無聊 __（形容詞）感到無聊的 __（形容詞）令人感到無聊的
- disappoint…disappointed…disappointing（動詞）
  使…失望 __（形容詞）感到失望的 __（形容詞）令人失望的
- excite…excited…exciting（動詞）
  使…興奮 __（形容詞）感到興奮的 __（形容詞）令人興奮的
- interest…interested…interesting（動詞）
  使…感興趣 __（形容詞）感到興趣的 __（形容詞）令人感興趣的

使用過去分詞（多為動詞字尾加 **ed**）當作形容詞時，可以形容人的感受。

1. Everyone was *amazed* at the robot's ability.
   （所有人都對那個機器人的能力感到驚艷。）

2. Huang was *excited* when he won the lottery!（黃先生中樂透時感到興奮。）

3. I'm *interested* in jazz.（我對爵士樂很有興趣。）

使用現在分詞（動詞字尾加 **ing**）當作形容詞時，可形容某人、事、物會帶給他人某種感受。

1. The robot's ability is *amazing*.（那隻機器人的能力令人驚艷。）

2. Winning the lottery is *exciting*.（中樂透是件令人興奮的事。）

3. Jazz is a very *interesting* style of music.（爵士樂是種非常有趣的音樂風格。）

現在分詞（動詞字尾加 **ing**）作為形容詞，也可以用來形容人格特質或個性。

1. The CEO is an *interesting* man.（這位執行長是個有趣的人。）

2. My history teacher is *boring*.（我的歷史老師是個無趣的人。）

**習題 22
換你小試身手！**

根據下列提示造句。

1. 在你居住的鎮上，哪個地方很有趣？例句：The Museum of Modern Art is interesting because…（現代藝術博物館很有趣，因為…）

2. 在你認識的人之中，誰讓人驚艷？請造關於他的句子。

3. 如果能出門旅行，去哪裡會讓你感到興奮？請造句。

4. 你最近一次感到無聊是什麼時候？

5. 你對什麼感到很有興趣？

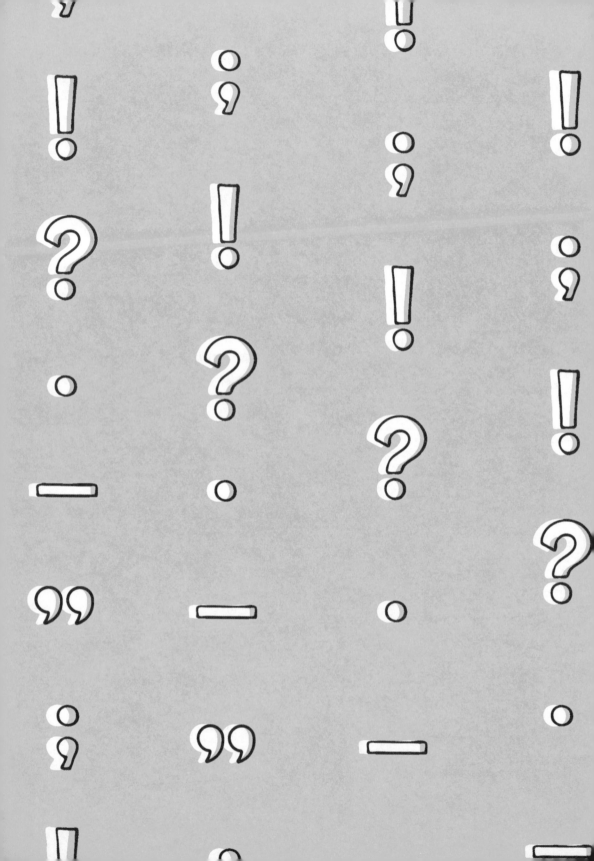

第 3 章

副詞
Adverbs

副詞通常用來修飾動詞、形容詞或其他詞性。如果我隨機找十個路人，要他們說出一個副詞，我敢打賭他們說出來的都會是 ly 結尾的字，像是 quickly（快速地）、happily（開心地）、carefully（謹慎地）。他們沒答錯，但實際上，還有很多副詞不是 ly 結尾的。接下來，我們就一起看看副詞究竟有哪些，一起探索如何使用副詞吧！

情狀副詞與地方副詞

情狀副詞用來形容一件事情是如何完成或如何發生的。

- Beautifully 漂亮地
- Fast 快速地
- Happily 開心地
- Hard 努力地
- Loudly 大聲地
- Nicely 令人愉快地
- Slowly 緩慢地
- Softly 輕柔地
- Well 很好地；充分地

地方副詞用來表示動作發生的地點，而在拼寫上則沒有固定的格式。以下是一些地方副詞的例子：

- Abroad 在國外
- Anywhere 任何地方；某個地方
- Downtown 在市中心
- Here 這裡
- Inside 裡面
- Outside 外面
- Somewhere 某個地方
- There 那裡
- Uptown 在市郊

情狀副詞和地方副詞通常會放在句尾，但某些以 ly 結尾的副詞也可以放在動詞之前。

1. Your sister plays the piano **beautifully**.
   （你妹妹鋼琴彈得很好聽。不可以寫成 Your sister beautifully plays the piano。）

2. The boy **gently** petted the cat.
   （這男孩輕撫那隻貓。也可以寫成 The boy petted the cat gently。）

3. Some of the employees are going to work **overseas**.
   （這些員工之中有些人即將到海外工作。）

4. Lynn can speak several languages, but she's never been **abroad**.
   （琳會很多種語言，但她從來沒有出國過。）

某些地方副詞——尤其是 here（這裡）跟 there（那裡）——可以放在句首。不過，當它們放在句首時，句構會變成：here/there →動詞→主格；若主格是代名詞，那句構會是：here/there →主格（代名詞）→動詞。

1. **Here** comes Amir. Let's sing "Happy Birthday" to him.
   （阿米爾到了，我們給他唱〈生日快樂〉吧。）

2. **Here** he comes. Let's sing "Happy Birthday" to him.
   （他到這了，我們給他唱〈生日快樂〉吧。）

3. **There** goes the train. I knew we should have left for the station earlier.
（火車駛離了，我就知道我們該早點來到車站的。）

4. **There** it goes. I knew we should have left for the station earlier.
（它駛離了，我就知道我們該早點來到車站的。）

句子裡有多個副詞時，通常順序為：情狀副詞、地方副詞、時間副詞。

1. We work **hard here every day**. （我們每天在這裡努力工作。）
2. He left **early yesterday**. （他昨天早早離開了。）

習題 23
換你小試身手！

下列有六個副詞，請利用這些副詞，搭配下面每一題當中提供的單字，把每題都造出一個句子。

Quietly（安靜地）/ nicely（令人愉快地）/ downtown（在市中心）/ hard（努力地）/ abroad（在國外）/ outside（外面）

範例解答：teacher（老師）/ speaks（說）/ the（定冠詞）：The teacher speaks quietly. （這位老師安靜地說話。）

1. was（是）/ last（上一個）/ it（它）/ Sunday（星期日）/ snowing（下雪）

   ....

2. day（日子）/ go（去）/ it's（它是）/ a（一個）/ so（所以）/ let's（我們一起）/ nice（令人愉快的）

   ....

3. and（和）/ it's（它是）/ live（生活）/ to（不定詞）/ work（工作）/ challenging（有挑戰性的）

   ....

4. play（玩耍）/ children（小孩）/ the（定冠詞）/ together（一起）

   ....

5. I（我）/ you（你）/ get（到達）/ will（將會）/ when（當）/ call（打電話給）/ I（我）

   ....

時間副詞

時間副詞用來表示某事是在何時完成或發生的，或是用來說明某事發生的頻率。而用來說明事情發生頻率的時間副詞，又可分為兩種：**不定性頻率副詞**和**定性頻率副詞**。

最常見的不定性頻率副詞有 always（總是）、often（經常）、usually（常常）、sometimes（有時候）、occasionally（偶爾）、hardly ever（很少）、rarely（很少）、seldom（很少）、never（從不）。而定性頻率副詞的例子有 once a week（一週一次）、every day（每天）、on the weekend（在週末）、three times a month（一個月三次）等等。相比之下，定性頻率副詞提供的資訊，與不定性頻率副詞比較起來，更為明確、客觀。

時間副詞的用法可分為四種基本模式。第一，不定性頻率副詞放在 be 動詞（關於 be 動詞，請見後方動詞時態章節）後面、一般動詞前面。

1. I **often** go to the gym.
   （我經常上健身房。）

2. Tasha **always** drinks coffee.
   （塔莎總是喝咖啡。）

3. The gym is **usually** open early.
   （這家健身房常常很早開門。）

4. The trains in New York City are **rarely** on time.
   （紐約市的火車很少是準時的。）

第二，不定性頻率副詞放在助動詞後面、主要動詞前面。

1. We can **typically** find reasonable prices.
   （我們通常能找到合理的價格。）

2. Giuseppe has **never** drunk white wine.
   （朱賽佩從沒喝過白酒。）

3. You'll **rarely** see an on-time train in New York City.
   （在紐約市，你很少會遇到準時的火車。）

第三，以下這六個不定性頻率副詞，無須遵守前面規則：sometimes（有時候）、often（經常）、occasionally（偶爾）、frequently（頻繁地）、usually（常常）、normally（平常）。這六個副詞在句子裡的擺放位置可以比較隨性，你可以用這個縮寫 SOOFUN 將這六個副詞背起來。以 sometimes 為例，見下面例句：

1. **Sometimes**, Giuseppe visits his customers in Chicago.
   （有時候，朱賽佩會到芝加哥拜訪他的客戶。）

2. Giuseppe visits his customers in Chicago **sometimes**.
   （有時候，朱賽佩會到芝加哥拜訪他的客戶。）

3. Giuseppe **sometimes** visits his customers in Chicago.
   （有時候，朱賽佩會到芝加哥拜訪他的客戶。）

第四，定性頻率副詞可以放在句首或是句尾。

1. I go to the gym **three times a week**.
   （我一個星期去三次健身房。）

2. **Once a month** we go to the movies.
   （我們一個月去看一次電影。）

3. Tasha drinks coffee **every day**.
   （塔莎每天喝咖啡。）

**習題 24
換你小試身手！**

用下面提供的副詞造句，描述你的日常。

1. Once a week（一星期一次）＿＿＿＿＿＿＿＿＿＿＿
2. Never（從不）＿＿＿＿＿＿＿＿＿＿＿
3. Sometimes（有時候）＿＿＿＿＿＿＿＿＿＿＿
4. Usually（常常）＿＿＿＿＿＿＿＿＿＿＿
5. Every day（每天）＿＿＿＿＿＿＿＿＿＿＿

其他種類的副詞與它們的擺放位置

還有些副詞的功能是我們前面沒學過的。像是**強調副詞**可以用來強調其修飾的字詞，常見的強調副詞有：almost（差點、幾乎）、extremely（非常）、just（正好；就是；很）、really（真的）、very（非常）。**焦點副詞**則可以將焦點放在其修飾的字詞上，常見的焦點副詞有：also（而且也）、either（否定的也）、even（甚至）、mainly（主要地、大部分地）、mostly（通常）、neither（都不）、only（只）。**可能性副詞**描述某事發生的可能性、反映語氣的肯定程度，常見的可能性副詞有：certainly（肯定、當然）、clearly（明顯地）、definitely（肯定、當然）、maybe（也許）、perhaps（也許）、probably（大概）。**完成度副詞**則是用來描述某事的完成程度，常見的完成度副詞有：completely（完全地）、hardly（幾乎不、僅僅）、nearly（幾乎）、partly（一部分）、partially（不完全地）。以上四種副詞的擺放位置，都在其修飾的字之前。

1. I **almost** missed the train.
   （我差點就錯過火車。）

2. The boss was **extremely** happy with the sales results last month.
   （老闆對於上個月的銷售結果非常滿意。）

3. Iman **even** speaks Thai!
   （伊曼甚至會講泰語！）

4. The CEO is **also** the company founder.
   （這位執行長同時也是公司的創辦人。）

5. I **definitely** want to see that movie.
   （我當然想看那部電影。）

6. It was **partly** cloudy all day.
   （整天天氣都有些陰陰的。）

用完整句回答下列問題，並且使用粗體字的副詞。

1. **Recently**, have you **almost** missed a class, work, a train, or a bus?
   （你最近有沒有差點錯過上課或上班時間？或是錯過火車、公車？）

2. You can speak English. What language do you **also** speak?
   （除了英文，你還會說什麼語言？）

3. What is something you **hardly** do?
   （什麼事你很少做？）

4. What is **certainly** the best restaurant in your town?
   （你住的鎮上，哪家餐廳毫無疑問地是最棒的？）

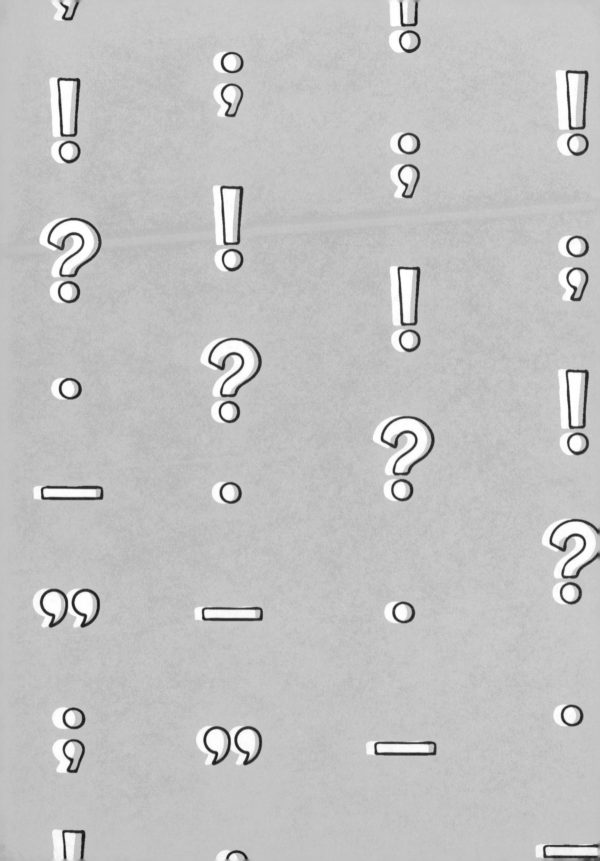

第 4 章

動詞
Verbs

簡單來說，**動詞**就是形容動作的詞，用來描述行為、行動、作為。韋氏字典（Merriam-Webster dictionary）提到，動詞的其中一項定義是：「行為、事件和存在的方式」。而以下這幾個字，包含 Beware!（小心）Stop!（停）Go.（出發）Run.（跑）Pray.（祈禱）Sit.（坐下）Eat.（吃）等，只需要單獨這一個動詞，就可形成一個完整的句子。不過，並非所有動詞都像 run（跑）或 stop（停）一樣描述清楚可見的動作，有些動詞描寫的是不易觀察到的行為。接下來就一起在本章深入了解動詞吧！

動作動詞與靜態動詞

在英文中，動詞可以分為**動作動詞**與**靜態動詞**。動作動詞描述行為與動作，例如 work（工作）、study（讀書）、type（打字）、walk（走路）等。除此之外，一些活動幅度較小的動作也可算是動作動詞，如 sleep（睡覺）、sit（坐）、relax（放鬆）。相反地，靜態動詞描述某人、事、物處於某種狀態，例子有 love（愛）、feel（摸起來；感覺、覺得）、agree（同意）、suppose（猜想、推測）。

動作動詞可以用進行式來表示某個動作正在發生中。

1. Jeff is **working** on the meeting report.
    （傑夫正在處理會議報告。）

2. The professor is **writing** on the board.
    （教授正在黑板上書寫。）

3. I can't chat now. I'm **studying** for the psychology final.
    （我現在不能聊天。我正在準備心理學的期末考。）

相反地，大多數靜態動詞仍不能用進行式——即使某人正處於那種狀態之下。

1. Tasha **loves** this pizza.
    （塔莎很愛這披薩。）

2. That **smells** amazing. What are you cooking?
    （那聞起來好讚。你在煮什麼？）

3. I **agree** with your idea, but I think we should ask the manager first.
（我同意你的想法，但我覺得我們應該先問過主管。）

有些動詞既可以是動作動詞，也可以是靜態動詞，而且它們用進行式時的意思會與非進行式時稍微不同。
例如 feel 這個字，在一般狀況下，意思是因外在環境或身體狀況而產生某種感覺。

> I **feel** great because I just landed a new job.
> （我感到很棒，因為我得到了新工作。）

不過，feel 是個特殊的靜態動詞，因為它可以用進行式的形態存在，而且意思仍然是「感到…的感覺」。

I'm **feeling** great because I just landed a new job.
（我現在感到很棒，因為我得到了新工作。）

另外，feel 的進行式 feeling 除了「感到…的感覺」，也可以表示「試著以觸覺感受某物」，此時的意思類似 touching（摸）這個字。

I'm **feeling** the edge of this cup to check if there are any cracks or chips.
（我正在摸這個杯子的邊緣，看看它有沒有裂開或碎掉。）

另一個例子是 smell。非進行式時，smell 的意思是「注意到、聞到…的味道」（被動感受到氣味）。

I **smell** pizza. Who brought the pizza into the office? Can I have some?
（我聞到披薩的味道。是誰把披薩帶到辦公室？我可以吃一點嗎？）

但若是進行式 smelling，意思就會變成「（用鼻子）聞…的味道」（主動去聞氣味）。

Sophia: What are you doing?（蘇菲亞：你在幹嘛？）
Liam: I'm **smelling** this pizza to make sure it's not too garlicky. It smells good.（連恩：我在聞看看披薩有沒有太重的大蒜味。它聞起來很讚。）

同樣地，taste 這個字後面有沒有 ing 也會影響它的意思。taste 的意思是「吃起來（有某種味道）」。

This alligator **tastes** like chicken.（這鱷魚肉吃起來像雞肉。）

進行式 tasting 意思則是「（用舌頭）嚐…的味道」。

Olivia: What are you doing?（奧莉維亞：你在幹嘛？）
Jackson: I'm **tasting** the soup. I think it needs more salt.（傑克遜：我在試這湯的味道。我覺得應該要再多加點鹽。）

不論是英語母語人士還是英語學習者，大家都常搞混 affect 跟 effect，因為這兩個字長得很像，而且都可以作為動詞跟名詞。

當 affect 作為動詞的時候，意思是「影響」，作為名詞時意思則是「情感表達（如表情、肢體語言等等）」。而 effect 作為動詞時意思是「實現」，作為名詞時是「效果、影響」。大多數時候，看到 affect 時你可以把它當作動詞，例如這句 Eating that old pizza really affected my stomach（吃了那個不新鮮的披薩讓我的胃不太舒服。），看到 effect 時則可把它當作名詞，例如這句 Wow, the pizza really had an effect on Tasha（哇，那披薩對塔莎的影響真的很大。）。

習題 26
換你小試身手！

幫下列句子選擇正確的動詞形式。

1. What (are you working / do you work) on today?
    （你今天要忙什麼？）

2. I (have / am having) a lot of things to bring to the conference.
    （我有很多東西要帶去會議。）

3. Since everyone (is agreeing / agrees) with the terms, let's sign the contract.
    （既然大家都同意條款，我們就來簽屬合約吧。）

4. I (study / am studying) hard because final exams start tomorrow.
    （我現在讀得很認真，因為明天開始期末考。）

5. This cookie (tastes / is tasting) a bit too sweet.
    （這餅乾吃起來有點太甜。）

動詞後面加動名詞

一般來説，動詞後面都會接一個直接受格，像是 I like coffee（我喜歡咖啡）這個句子裡，動詞 like 後面接直接受格 coffee，而且 coffee 是名詞。不過，有的動詞後面除了名詞，還可以接**動名詞**或**不定詞**，而且意思不變。動名詞指的是動詞字尾加 ing 形成的名詞，例如 cooking，不定詞則是 to 加原形動詞，例如 to cook。

- begin 開始
- continue 持續
- hate 討厭
- like 喜歡
- love 愛
- prefer 偏好

以下是例句：

1. I like cooking.
   （我喜歡煮菜。）

2. I like to cook.
   （我喜歡煮菜。）

3. Aria continued working past 9:00 p.m.
   （阿里亞持續工作到晚上九點多。）

4. Aria continued to work past 9:00 p.m.
   （阿里亞持續工作到晚上九點多。）

但是，有些動詞只能接動名詞，以下是一些常見例子：

- advise 勸告、給…出主意
- allow 允許
- avoid 避免
- can't help 忍不住就
- can't stand 受不了
- complete 完成
- dislike 不喜歡
- finish 完結
- keep 保持
- mention 提及
- mind 介意
- miss 錯過、想念
- practice 練習
- prohibit 禁止
- quit 停止
- recall 想起
- regret 懊悔
- try 嘗試

以下是一些例句：

1. The boss **advised bringing** a laptop to the conference.
   （老闆建議帶筆電到會議上。）

2. This college doesn't **allow smoking** on campus.

（這所大學不允許在校園內抽菸。）

3. Kai **avoids drinking** alcohol.

（凱避免喝酒。）

4. Noah **can't help looking** at his phone.

（諾亞忍不住看手機。）

習題 27
換你小試身手！

用下面粗體字的動詞回答問題，並搭配任意動名詞。

1. What is something you **dislike doing** at school or in the office?

（你上學或上班時討厭做什麼？）

2. What time did you **finish eating** dinner last night?

（昨晚你幾點吃完晚餐？）

3. What are you doing these days that you will **keep doing** for the next few months?

（你最近幾天都在做什麼事是你接下來幾個月都會繼續做的？）

4. What does your college or office **prohibit doing**?

（你的學校或是公司禁止你們做什麼嗎？）

5. What do you **regret doing** or **regret not doing** in the past year?

（過去一年來，你後悔做了什麼或是後悔沒做什麼嗎？）

動詞後面加不定詞

接下來這個小節，我們來看只能搭配不定詞的動詞，以下是一些常見的例子：

- agree 同意
- arrange 安排
- decide 決定
- don't care 不想做
- expect 期待、預料
- hope 希望

- intend 打算
- manage 成功做到
- need 需要
- offer 提議
- plan 打算
- promise 答應

- refuse 拒絕
- tend 傾向
- wait 等待
- want 想要

以下是幾個例句：

1. Do you think he'll **agree to work** on Saturday?
   （你覺得他會同意星期六工作嗎？）

2. Grayson **arranged to meet** his client at 9:00 a.m.
   （格雷森安排早上九點與他的客戶會面。）

3. Have you **decided to take** the job?
   （你決定接受這份工作了嗎？）

4. Isabella **intends to study** robotics in graduate school.
   （伊莎貝拉打算在研究所研讀機器人學。）

有些動詞後面可以先接受格，再接不定詞，而這裡的受格通常是人。以下是一些常見的這種單字：

- advise 勸告
- ask 要求
- cause 導致
- convince 使…信服
- enable 使…能夠
- encourage 鼓勵

- hire 聘用
- invite 邀請
- order 命令
- permit 允許
- persuade 說服
- remind 提醒

- teach 教導
- tell 告訴
- warn 警告
- wish 希望

我們來看看例句：

1. I will **advise him to do** his internship during the spring semester.
   （我會建議他在下學期參加實習。）

2. Did you have a chance to **ask Luz to help** you with the project?
   （你是否有機會請盧茲幫助你完成這個計畫？）

3. Ping told me that he **hired someone to work** in sales.
（萍告訴我他雇用了某人在銷售部門工作。）

4. I'm so excited! They **invited me to run** a session at the workshop.
（我好興奮呀！他們邀請我在研討會上主持一場會議。）

回答下列問題，並且用到題目中動詞加不定詞的組合。

1. Imagine your classmate is having trouble deciding whether to take a job. What would you advise her to do?
（假設你的同學不知道該不該接下一份工作，你會建議她怎麼做？）

2. During meetings, do you tend to speak up, or are you quieter?
（在會議中，你傾向發言，還是沉默寡言？）

3. Complete this sentence and explain why: "I would refuse to . . ."
請以 I would refuse to...（我會拒絕…）開頭造句，並解釋為何拒絕。

4. When was the last time you taught someone how to do something?
（你上一次教別人做某事是什麼時候？教的是什麼？）

5. What have you decided to do for your next vacation?
（你決定下次假期要做什麼？）

動詞後面加動名詞或加不定詞

我們前面已經學到，像是 like（喜歡）、prefer（偏好）、love（愛）這類的動詞後面可以接動名詞或是不定詞，而且意思不會改變。然而，以下這五個動詞：stop（停止）、try（試著）、remember（記得）、forget（忘記）、regret（後悔）的意思，則會依它們後面接的是動名詞還是不定詞而有改變。

如果你說 **stop to do something**，意思是「停下現在的動作，改做另一件事」。

1. She **stopped to smoke**.
   （她停下來去抽根煙。）

2. I **stopped to buy** coffee on the way to the office.
   （在往辦公室的路上，我停下來買杯咖啡。）

如果你是說 **stop doing something**，那意思會變成「停止做手上正在做的那件事」。

1. I **stopped smoking** when I was in my mid–twenties. (I quit smoking.)
   （我在二十幾歲的時候戒菸。意思就是我停止抽菸。）

2. I **stopped buying** coffee on the way to the office. (I don't buy coffee anymore.)
   （我不再在前往辦公室的路上買咖啡了。意思是停止買咖啡這件事。）

當你說 **try to do something**，你的意思會是「試著去做某件新的，或具有挑戰性的事」。

1. I'm **trying to find** the best way to cook that soup.
   （我正試著找到煮那湯最好的辦法。）

2. Luca is **trying to learn** Portuguese.
   （盧卡正試著學葡萄牙語。）

但當你說 **try doing something**，意思則會變成「試試看做某件事，看會發生什麼結果」。

1. I have an old laptop. I **tried turning** it on, but it didn't work. So I **tried using** a different AC adapter, but it still didn't work.
   （我有一台舊筆電。我試著打開它，但行不通。所以我就試試看用不同的交流適配器，但還是不行。）

2. I **tried sending** Mia a few text messages, but she didn't reply. I'm going to **try calling** her.
   （我試過傳幾條訊息給米亞，但她沒有回覆。我要來試試打電話給她。）

如果你說 **remember to do something**，意思是「記得去做某件事情（可能是出於責任等原因）」。

1. I have to **remember to lock** my office.
   （我必須記得把辦公室門上鎖。）

2. Please **remember to wash** your hands before eating.
   （在吃飯前請記得洗手。）

但如果你說的是 **remember doing something**，意思則會變成「記得做過某件事」、「擁有做某件事的記憶」。

1. I **remember going** to Istanbul. It was a great trip.
   （我還記得我去伊斯坦堡的事，那趟旅程很棒。）

2. I **remember meeting** Elijah at the party. He was so funny.
   （我還記得在派對上遇到伊利亞的情景。他很搞笑。）

當你說 **forget to do something**，你的意思是「忘記去做某件事」。

1. I **forgot to call** my grandmother on her birthday, and she was very upset.
   （我忘記在我祖母生日那天打電話給她，她很不高興。）

2. The boss was angry because Oliver **forgot to ask** his customer to sign the contract.
   （老闆很生氣，因為奧立佛忘記請顧客簽署合約。）

但當你說 **forget doing something**，意思是「做過某事，但忘記自己已經做過」

1. I **forgot paying** the telephone bill, so I mistakenly paid twice.
   （我忘記我已經付過電話費，所以我不小心付了兩次錢。）

2. I **forgot meeting** Riley several years ago until she reminded me that we met in Chicago.
   （我忘記我曾經在幾年前見過萊莉，直到她提醒我我們是在芝加哥相遇的我才想起來。）

如果你説 **regret to do something**，意思是「很遺憾，但我必須做這件事」，通常我們需要告知別人壞消息時會用到這個用法，例如 I regret to tell you（很抱歉，但我必須通知您…）、I regret to say this（我很遺憾我必須告知您…）、I regret to have to do this（很抱歉，我不得不這麼做。）。

1. I **regret to tell** you that the company won't be giving a bonus this year.
（我很遺憾必須跟您説，公司今年不會發獎金。）

2. I **regret to** have to do this, but I must inform you that your employment with our company has been terminated.
（很抱歉，但我必須説您被辭退了。）

然而，如果你説的是 **regret doing something**，意思則是「後悔做過某事」。

1. I **regret lending** Mason my car. He returned it without any gasoline.
（我後悔我借我的車給梅森，因為他還我車時車子都沒油了。）

2. Mohammad said he **regrets asking** that girl for a date. He didn't know she had a boyfriend.
（穆罕默德説他很後悔邀請那個女孩約會，他之前不知道她有男朋友了。）

習題 29
換你小試身手！

判斷下列句子文法是否正確。

1. On the way to my office this morning, I stopped smoking.

2. I regret going to that party last night. I am so tired today.

3. The phone isn't working? Have you tried to plug it in?

4. I forgot to close the window and now it's raining.

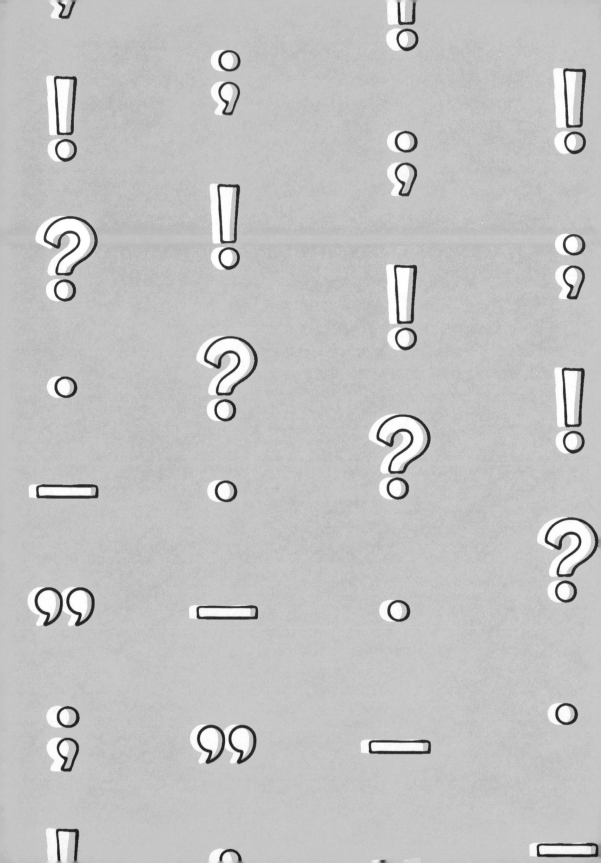

第 5 章

動詞時態
Verb Tenses

動詞時態是英文這個語言的核心。基本上，動詞時態可以
反映時間，而英文的動詞時態可以反映過去、現在、未來。
本章將帶你探究各種動詞時態、學習何時使用它們。

動詞的三個形式

英文的動詞有三種形式：原形、過去式、過去分詞。

原形動詞是動詞最原始的狀態。不定詞裡 to 後面接的動詞也是原形動詞，但這裡指的原形動詞不一定要搭配 to。

1. We always **work** from nine to five.
   （我們總是從早上九點工作到傍晚五點。）

2. Please **check** the document before sending it.
   （請先檢查文件再寄出。）

3. I like **to hike** on this trail.
   （我喜歡在這條步道上健行。）

4. We need **to estimate** the cost for the customer.
   （我們需要替客戶估算成本。）

動詞的另一種形式為**過去式**。動詞的過去式可以分為兩種：規則動詞和不規則動詞。規則動詞的字尾為 ed，是根據以下規則變成過去式的：

1. 大多數規則動詞只要在字尾加上 ed 即可形成過去式。

a) Lily **showed** me her diploma.
   （莉莉給我展示她的畢業證書。）

b) My mom **cooked** a nice lasagna for my birthday dinner.
   （我媽為我的生日晚餐煮了道好吃的千層麵。）

c) Everyone **worked** hard to prepare for the exam.
   （所有人都為了準備考試認真地讀書。）

2. 但如果規則動詞的最後一個字母為 e，只要加上 d 就可形成過去式。

a) We **faced** a few problems during the negotiations.
   （在談判過程中我們面臨了一些問題。）

b) The business school **moved** in 1979.
   （這所商學院於 1979 年搬遷。）

c) The company **leased** two vans this month.
   （公司這個月出租了兩輛貨車。）

3. 如果規則動詞只有一個音節，且最後一個字母為子音字母，或者如果規則動詞的重音在最後一個音節且最後一個字母為子音字母，這時重複一次最後一個字母再加上 ed 就可形成過去式。

a) We **planned** a thorough audit for our client.
（我們為客戶安排了一次徹底的審計。）

b) The meeting was **slotted** for 10:00 a.m., but it was rescheduled for 2:00 p.m.
（會議本來定在上午十點，但後來改成下午兩點。）

c) They **transmitted** the fax at 4:03 p.m.
（他們在下午四點零三分發送傳真。）

4. 若規則動詞的字尾為子音字母加 y，去掉 y 加上 ied 便可形成過去式。

a) She **hurried** to finish the math test on time.
（她趕著在時間內完成數學考題。）

b) I **tried** to phone Silvana, but she didn't answer.
（我試過打電話給希爾瓦娜，但她沒接。）

c) Leo **studied** for six months to pass the TOEFL.
（里歐為了考過托福考試讀了六個月的書。）

5. 可是如果規則動詞的字尾為母音字母加 y，只要加上 ed 就是它的過去式。

a) She **sprayed** the paint all over the wall. （她將顏料灑在整面牆上。）

b) We really **enjoyed** the movie. （我們很享受這部電影。）

c) The water leak **destroyed** the floor in the dorm. （漏水毀壞了宿舍的地板。）

至於不規則動詞，在形成過去式的時候，並不依照前述規則。

1. Haruto's grandfather **built** this business in 1952.
（哈魯托的祖父在 1952 年開啟了這項事業。）

2. Ella **sent** her first draft to the instructor.
（艾拉將她的初稿寄給導師。）

3. So far, we have **sold** almost two thousand of these bags.
（目前為止，我們這款包已經賣了將近兩千個。）

習題 30
換你小試身手！

幫下列句子選擇正確的動詞形式。

1. I always (listen / to listen / listened) to the radio in the car on the way to work.
   （在上班途中，我總是會在車上收聽電台。）

2. I (go / went / gone) to Stockholm in 2017.
   （我在 2017 年去了斯德哥爾摩。）

3. They usually (spend / to spend / spent) a lot of time in the office on the weekends.
   （他們常常在週末在辦公室待很長時間。）

4. We (buy / to buy / bought) a new car last month.
   （我們上個月買了台新車。）

5. Can you (help / to help / helped) me with my project?
   （你可以幫忙我的專案嗎？）

簡單現在式

當我們描述一個常態或是事實的時候，動詞採用**簡單現在式**。

1. Mouad **works** in the accounting department.
   （慕艾德在會計部門工作。）

2. Water **freezes** at 32 degrees Fahrenheit.
   （水在 32 華氏溫度結凍。）

使用簡單現在式時，動詞形式會隨主格而變。當主格是第三人稱（即 he 他、she 她、it 牠／它）時，動詞的拼法會與原形動詞不同。例子如下表：

I / you / we / they		she / he / it	
ask 要求	make 製作	asks	makes
become 成為	need 需要	becomes	needs

cook 煮飯	practice 練習	cooks	Practices
do 做	study 讀書	does	studies
find 找到	think 思考；想	finds	thinks
get 得到；到達	use 使用	gets	uses
know 知道；認識	want 想要	knows	wants

第三人稱動詞變化的規則，就跟前面我們學過的名詞單數變複數的規則一樣（見第一章），但 be 動詞跟 have 是例外，規則見下面。

主格是 I 時，用 am 或 have。
主格是 you、we、或 they 時，用 are 或 have。
主格是 she、he、或 it 時，用 is 或 has。

習題 31
換你小試身手！

在以下空格內，填入正確的動詞形式。

1. We _____ to finish this project by Friday. (need)
   （我們需要在星期五前完成這個案子。）

2. The professor _____ us to work in groups. (want)
   （教授想要我們分組作業。）

3. I really _____ I have to cut down on drinking coffee. (think)
   （我真的認為我應該喝少一點咖啡。）

4. She has a high GPA because she _____ hard. (study)
   （她的成績平均點數很高，因為她讀書認真。）

5. You _____ very well. Did you learn from your grandmother? (cook)
   （你很會煮飯。你跟你奶奶學的嗎？）

簡單過去式

英文用**簡單過去式**表達已經完成的動作。一般來說，根據片語或前後文得出此處描述的是過去發生的事時，我們就會用簡單過去式。

動詞的過去式可分為規則動詞跟不規則動詞。以下是規則動詞變化的四個準則：

1. 如果規則動詞字尾為 e，加上 d 就可形成過去式。

- baked 烘烤
- calculated 計算
- debated 辯論
- dined 用餐
- grated 磨碎；使煩躁
- hoped 希望
- perceived 察覺；認為
- worked 工作

2. 如果規則動詞的重音在最後一個音節且最後一個字母為子音字母，這時重複最後一個字母再加上 ed 就可形成過去式。

- beg…beg**ged** 乞求；乞討
- flip…flip**ped** 快速翻轉、翻動
- jog…jog**ged** 慢跑
- pin…pin**ned** 釘住
- rip…rip**ped** 撕破
- shop…shop**ped** 購買
- sob…sob**bed** 啜泣
- stop…stop**ped** 停止

3. 如果規則動詞字尾為子音字母加 y，過去式則為去掉 y 加上 ied。

- apply…appl**ied** 應用；申請
- bully…bull**ied** 霸凌
- cry…cr**ied** 哭
- comply…compl**ied** 遵從
- imply…impl**ied** 暗示
- rely…rel**ied** 依賴
- try…tr**ied** 嘗試
- unify…unif**ied** 使團結、使統一

4. 其他非上述特徵的規則動詞，只要字尾加上 ed 就是過去式。

- accept…accept**ed** 接受
- crush…crush**ed** 壓碎；壓扁
- deploy…deploy**ed** 運用；部屬
- employ…employ**ed** 聘用
- offend…offend**ed** 冒犯
- relay…relay**ed** 轉達；轉播
- research…research**ed** 研究
- sail…sail**ed** 航行

以下的句子裡，動詞都是規則動詞，且都使用了規則動詞的簡單過去式：

1. Jacob **worked** in Panama for two years.
   （雅各過去在巴拿馬工作了兩年。）

2. Did you know that last week Luna **applied** for the position in Barcelona?
   （你知道上個星期露娜應徵了在巴塞隆納的職位嗎？）

3. I **relayed** the information about your expense report to the boss.
（我向老闆轉達了關於你的支出報告的資訊。）

然而，英文有許多動詞的過去式屬於不規則變化。以下是一些例子：

- begin…began 開始
- bid…bid 出價；打招呼
- build…built 建造
- cost…cost 花費
- hold…held 拿著、握住；保持；舉行
- mistake…mistook 誤認
- pay…paid 支付
- teach…taught 教導

下面簡單過去式句子當中，用到不規則動詞：

1. When we **held** a lunch meeting at the steakhouse, it cost about $75 a person.

（我們在牛排館舉行一次午餐會議，每個人大概花了 75 美金。）

2. We **bid** on several contracts this month.
（這個月我們投標了好幾個合約。）

3. I **heard** that this instructor has taught English in Japan.
（我聽說這位講師曾經在日本教英文。）

習題 32
換你小試身手！

幫下列句子空格中填入句尾括號內的動詞，並且用正確的過去式形式。

1. I heard Emily ＿＿＿＿＿＿ the boss to let us go home early on Friday. (persuade)

（我聽說艾蜜莉說服老闆讓我們星期五早點回家。）

2. The only way we can improve profits is to ＿＿＿＿＿＿ costs. (cut)
（增加收益的唯一辦法是減少支出。）

3. The reason you ＿＿＿＿＿＿ points on the essay is that you forgot to write the conclusion. (lose)
（你的論文之所以會少了一些分數，是因為你忘了寫結論。）

4. The professor ＿＿＿＿＿＿ a field trip to ABC Labs. (organize)
（教授安排了趟校外教學，去參觀 ABC 實驗室。）

5. Have you _____ the problem with the e-mail server? (identify)
    （你找到郵件伺服器的問題了嗎？）

簡單未來式

英文有幾種方式可以用來表達未來發生的事情，根據你說的是定好的計畫、還是對未來的預測、還是即將發生的行程會有不同的表達方式。

如果你說的是定好的計畫、約好的約會等等，用 be going to 加原形動詞。

1. A friend of mine **is going to** get married this weekend.
    （我的一位朋友即將在這個週末結婚。）

2. I **am going to** go to the beach on Sunday.
    （在星期日我將會去海邊。）

3. Rhona **is going to** see a movie tonight.
    （蘿娜今晚將會去看電影。）

但是，除了 be going to 加原形動詞，也可以用現在進行式表達已經規劃好的計畫和安排好的事項。

1. A friend of mine **is getting** married this weekend.
    （我的一位朋友即將在這個週末結婚。）

2. I **am going** to the beach this weekend.
    （這個週末我將會去海邊。）

3. Maya **is seeing** a movie tonight.
    （瑪雅今晚將會去看電影。）

至於對未來的預測、猜測，或是任何沒有事先安排的事情時，用 will 加原形動詞。

1. Someday, I **will** find true love.
    （未來，我將會找到真愛。）

2. I think I **will** move to Florida when I retire.
    （我想退休後我會搬到佛羅里達。）

3. I'm sure the vacation **will** be a lot of fun.
    （我確定這個假期將會很有趣。）

如果即將發生的行程、活動有明定的開始或結束時刻，用簡單現在式。

1. The workshop **begins** at 9:00 p.m.
   （研討會將在晚上九點開始。）

2. Check-in at the hotel **starts** at 1:00 p.m.
   （飯店的入房手續從下午一點開始受理。）

3. The flight to Zurich **departs** at noon.
   （前往蘇黎世的班機會在中午起飛。）

習題 33
換你小試身手！

根據題目內容，使用不同形式的簡單未來式回答下列問題。

1. Write one or two sentences about your plans for tomorrow.
   （用一兩句話描述你明天的規劃。）

2. Write one or two sentences about your plans for the weekend.
   （用一兩句話描述你這週末的安排。）

3. Make a prediction about the weather tomorrow or the day after tomorrow.
   （請預測明日或後天的天氣。）

4. What time does school or work start in the morning?
   （你早上幾點上班或上課？）

現在完成式

現在完成式的形式為：助動詞 have ，加上過去分詞動詞。例子有：I have eaten（我已經吃了）、 she has eaten（她已經吃了）、we have eaten（我們已經吃了）等等。

現在完成式可以用來表示：截至講話當下所擁有的經驗。

1. I **have been** to Thailand several times.
   （我去過泰國好幾次。）

2. Dr. Thompson **has helped** many students prepare their graduate thesis.
   （湯普森博士已經幫助過許多學生準備他們的畢業論文。）

3. You guys did a great job. We **have never sold** that many widgets before.
   （你們做得很好。我們從來沒有賣出過那麼多產品。）

現在完成式搭配 since（自從），再加上過去的某個時間點，可以用來表示從該時間點到此刻所發生的事情。

1. Josiah **has been** on the facxulty here **since** 1985.
   （約西亞從 1985 年就開始在這裡任教。）

2. I **have wanted** to take a trip to NASA **since** I was a little kid.
   （從我還是個小孩子的時候，我就一直想要到美國國家航空暨太空總署一趟。）

3. Our company **has worked** with this ad agency **since** it opened.
   （自從這家廣告公司開始營業後，我們公司就一直跟他們合作。）

現在完成式也可以用 for 再加上一段時間，來描述一件事情維持了這麼長一段時間，直到講話的當下都還是那個狀態。

1. I was surprised to learn that Adalyn **has lived** in Pasadena **for** more than fifty years.
   （我很驚訝得知艾達琳已經住在帕薩迪納超過五十年。）

2. This factory **has been** open **for** ninety-five years.
   （這家工廠已經營運了九十五年。）

3. We **have worked** on this experiment **for** a number of months and **have** finally **made** a breakthrough in the lab.
   （我們已經在實驗室進行這個實驗好幾個月之久，現在終於有了進展。）

習題 34
換你小試身手！

判斷下列五題現在完成式的用法是否正確，若有錯誤請改正。

1. I have been to that store many times.
   （我去過那家店很多次。）

2. We know that agent very well. We have visited her last month.
（我們熟識那位代理人。我們上個月才剛拜訪過她。）

3. Marco's family business has sold pasta for three generations.
（馬可的家庭事業販售義大利麵，已經經營超過三代。）

4. Nora has been a student in this school last semester, too.
（諾拉上個學期也還是這所學校的學生。）

5. I'm not sure if I have seen Brian this week or not.
（我不確定我這個星期有沒有見到過布萊恩。）

過去完成式

過去完成式的形式為：助動詞 had，加上過去分詞動詞。例如：I had worked（我已經工作了）、he had known（他已經知道了）、she had told（她已經說了）等等。假設過去發生了兩件事，其中一件事較早發生，你可以用過去完成式描述較早發生的那件事。

1. By the time we arrived, they **had** already **finished** the first course.
（等我們到達時，他們已經吃完了第一道菜。）

2. Luckily it **had stopped** snowing when I got to the office.
（幸運的是，我到辦公室的時候雪已經停了。）

3. Ellie **had learned** programming on her own before she started college.
（艾莉在上大學之前就自己學會電腦程式了。）

或者如果某件事從開始到結束，都發生在過去，也可以用過去完成式描述它。

1. I **had worked** in Japan before coming to this office in Dallas.
（在我來到達拉斯的辦公室之前，我在日本上過班。）

2. Do you know if Jayce **had had** any sales experience before getting the job?
（你知道傑斯在得到這份工作之前有沒有過銷售經驗嗎？）

3. I wish I **had known** it was Maffi's birthday.
（我真希望我早點知道那天是馬菲的生日。）

利用過去完成式回答下列問題。

1. How long had you studied English before you got this book?
   （在你買這本書之前，你已經學英文多久？）

2. Are you in school now? Had you ever attended a language school before this one?
   （你現在在學中嗎？在你進入你現在的學校之前，你有在其他語言學校就讀過嗎？）

3. Had you ever studied the past perfect tense before getting this book?
   （在你讀這本書之前，你有學過過去完成式嗎？）

4. Had you thought grammar was difficult before using this book?
   （在你讀這本書之前，你認為文法很難嗎？）

5. Think of what you studied in your last English class. Had you studied that same topic before?
   （想想你在最近一堂英文課上學的東西。在那堂課之前，你已經學過同樣的內容了嗎？）

未來完成式

未來完成式的形式是：助動詞 will have，再加上過去分詞動詞。例如：I will have gone（我會已經離開）、he will have finished（他會已經完成）、she will have studied（她會已經讀書）。

如果一件事會在未來的某個時間點結束，我們可以用未來完成式描述它。

1. We are going to the dinner party after work, so by the time we arrive at the restaurant, they **will have finished** the first course.
   （我們下班後才會去晚餐聚會，所以等我們到餐廳時，他們將會已經吃完第一道菜了。）

2. By the time Ivan starts college, his older sister **will have graduated**.
   （等伊凡上大學時，他的姊姊將會已經畢業。）

3. Giancarlo **will have completed** his internship by the start of summer vacation.
   （在暑假開始之前，吉安卡洛就會已經完成實習了。）

利用未來完成式回答下列問題。

1. What will you have done or accomplished by noon tomorrow?
（你明天中午之前會完成什麼事情？）

2. What will you have done by next month?
（你下個月之前會完成什麼事情？）

3. What will you have done by next year?
（你在明年之前會完成何事？）

4. What will you have done by the time you turn five years older than you are now?
（五年後，你會完成了哪些事？）

5. What will you have done by the time you retire?
（在你退休前，你會完成哪些事？）

現在進行式

現在進行式的形式是：be 動詞（am、is、are）搭配現在分詞動詞（即動詞字尾加 ing）。例如：I am driving（我正在開車）、she is living（她正在生活）、he is cooking（他正在煮菜）等等。

當我們用現在進行式描述一個行為時，表示那個行為正在進行中，而且通常不會維持太久。

1. Hi, Daniel. I'm glad you can join us. We **are talking** about the main characters in Macbeth.
（嗨丹尼爾，很高興你能加入我們。我們現在正在討論《馬克白》的主角群。）

2. I **am listening** to you, but I'm not sure what you are talking about.
（我正在聽你說話，但我不確定你在說什麼。）

3. What **are** you **looking** for? I **am trying** to find my keys.
（你在找什麼？我正在試著找到我的鑰匙。）

我們也可以用現在進行式搭配片語如 these days（最近這幾天）、this week（這星期）等等，表示該段時間正在發生的事情或正在進行的行為。

1. The new guy in my office **is staying** in a temporary apartment this month.
   （我辦公室新來的那個人這個月會待在一個臨時公寓。）

2. I **am studying** with a really interesting grammar book these days.
   （最近這幾天我用一本很有趣的文法書在學習。）

3. It's almost the end of the semester, so everyone **is working** on their term papers.
   （已經快到學期末了，所以每個人都在寫他們的論文。）

如同前面在「簡單未來式」段落當中提到的，現在進行式也可以用來描述未來的事情，特別是已經規劃好的計畫。

1. The CEO **is arriving** on Tuesday, and Julian **is picking** her up at the airport.
   （執行長將在星期二抵達機場，朱利安會去機場接她。）

2. We **are having** dinner at a very nice Persian restaurant after the meeting.
   （會議結束後，我們將在一家非常棒的波斯餐廳吃晚餐。）

3. I've made my decision. I **am going** to business school to get an MBA.
   （我決定好了。我要去商學院攻讀企業管理碩士學位。）

習題 37
換你小試身手！

判斷下列句子是否正確使用現在進行式，若有錯誤請改正。

1. Wyatt is going to call on some customers in Chicago next week.
   （懷亞特即將在下星期到芝加哥拜訪一些顧客。）

2. Can you turn down the music? I'm studying for a psychology exam.
   （你可以把音樂關小聲點嗎？我正在準備心理學的考試。）

3. Abby said she is working out at that new gym in Brooklyn.
   （艾比說她正在布魯克林那家新的健身房運動。）

4. The sales meeting is starting every Friday at noon.
   （銷售會議每個星情五正午開始。）

5. I'm really excited because I'm leaving for my trip.
   （我很興奮，因為我要出發去旅行了。）

過去進行式

過去進行式的形式是：was、were（即 be 動詞的過去式），加上現在分詞動詞（即動詞字尾加 ing）。例如：I was working（我當時正在工作）、she was singing（她當時正在唱歌）、we were traveling（我們當時正在旅行）等等。

當我們用過去進行式描述一個行為時，表示該行為發生在過去的某個時間點，而且如同前面學的現在進行式，過去進行式也是用來描述沒有持續太久的行為。

1. I **was traveling** in Europe last summer.
   （去年夏天我正在歐洲旅行。）

2. I **was binge-watching** The Big Bang Theory with Henri yesterday.
   （我昨天跟亨利正在追劇《宅男行不行》。）

3. I **was working** in the lab when she called.
   （她打電話給我時我正在實驗室工作。）

如果我們在同一個句子裡，使用了過去進行式與簡單過去式，那麼該句呈現的畫面會是：過去的某件事正在進行時（過去進行式），發生了另一件事（簡單過去式）。也就是說，過去進行式描述的事情是簡單過去式事件發生的背景。

1. While I **was eating** dinner, somebody **rang** the doorbell.
   （我正在吃晚餐時，某人按了門鈴。）

2. As I **was leaving** the house, I **saw** a huge black crow on my car.
   （正當我離開家時，我看到一隻巨大的烏鴉在我的車頂。）

3. A car **hit** a pole and the power **went out** while I **was recording** a podcast.
   （我正在錄製播客時，一台車撞到電線桿導致停電。）

過去進行式搭配 always（總是）、constantly（總是）、usually（常常）等等的字時，可以用來表示過去習慣做某事。

1. In the summertime, my grandfather **was** always **watching** baseball on TV.
   （在夏天時，我的祖父總是用電視觀看棒球比賽。）

2. Oh, I remember Seoyun. She **was** constantly **telling** jokes in the office.
   （喔，我記得瑞允。她總是在辦公室講笑話。）

3. Every time I looked at Beth, she **was staring** at her smartphone.
   （每次我看向貝絲時，她總是盯著她的智慧型手機。）

習題 38
換你小試身手！

用過去進行式回答下列問題。

1. What were you doing thirty minutes ago?
   （三十分鐘前，你在做什麼？）

2. What was the last project you were working on?
   （你做的專案中，最新的那個內容是什麼？）

3. What music were you listening to last night?
   （你昨晚在聽什麼音樂？）

4. Where were you living five years ago?
   （五年前你住在哪裡？）

5. Think about a relative you were close with as a child. What were they always doing that you enjoyed?
   （想想某個你小時候很親的親戚。他以前總是做什麼事情是你很喜歡的？）

未來進行式

未來進行式的形式是：will be 或 be going to be（即 be 動詞的未來式），再加上現在分詞動詞（即動詞字尾加 ing）。例如：I will be cooking（我會在煮飯）、she is going to be working（她會在工作）、we will be leaving（我們會正在離開）等等。

未來進行式用來表示：在未來的某個時間點將會發生某件事情或行為。如同前面說到的現在進行式跟過去進行式，未來進行式描述的行為或事件持續時間也不長。

1. By this time tomorrow, we **will be flying** to the Caribbean.
   （明天的這個時間點，我們會在飛往加勒比海的路上。）

2. In less than a week, we**'ll be getting** married.
   （再不到一週，我們就要結婚了。）

3. I**'m going to be leaving** the office at 4:00 p.m. today for an appointment.
   （我今天下午四點將會離開辦公室去赴約。）

未來進行式的句子中，也可以搭配 before（在…之前）、after（在…之後）、when（當）等字，後面接簡單現在式。

1. The baby **will be sleeping** when we arrive, so let's keep our voices down.
   （等我們到的時候寶寶會正在睡覺，所以我們小聲點。）

2. I heard that the IT people **are going to be working** on the server tonight.
   （我聽說技術部門的人將會在今晚處理伺服器。）

3. I**'ll be studying** way before finals week starts, that's for sure.
   （我會在期末考週來臨前早早開始讀書，這是無庸置疑的。）

習題 39
換你小試身手！

用未來進行式回答下列問題。

1. What will you be doing in an hour from now?
   （現在的一個小時後，你會正在做什麼？）

2. What will you be doing tomorrow morning at 9:00 a.m.?
   （你明天早上九點會在做什麼？）

3. Where do you think you'll be living in five years?
   （你覺得你五年後會在哪裡生活？）

4. Think about your boss or professor. When do you think that person will be retiring?
   （想想你的老闆或是教授。你覺得他什麼時候會退休？）

5. When do you think you will be finishing studying the lessons in this book?
   （你覺得你什麼時候會讀完這本書的所有章節？）

現在完成進行式

現在完成進行式的形式是：have been 或 has been（即 be 動詞的現在完成式），再加上現在分詞動詞（即動詞字尾加 ing）。例如：I have been working（我一直在工作）、she has been studying（她一直在讀書）、it has been raining（一直在下雨）等等。

現在完成進行式可以用來表示：某行為或情況開始的時間點在過去，但到講話的當下仍在進行或發生中。

1. We have been negotiating with that vendor for a few months, and I think we've finally come up with a win-win deal.
   （我們已經跟那位賣家協商了好幾個月，我想我們終於找到了雙贏的方案。）

2. I have been working on my team's performance evaluations for a few weeks. I am going to submit them to HR tomorrow.
   （我已經花幾個星期在寫我們小組的績效評估了，我明天就會將報告交給人資部門。）

3. It has been snowing all night. We are going to have trouble getting to the office this morning.
   （雪已經下了整晚了，我們早上要去辦公室肯定會很麻煩。）

一般而言，使用現在完成進行式時，語意是著重在（句子中提到的）人，如何度過了過去這一段時間。

1. You**'ve been working** on that report for a few hours. Why don't you take a break?
   （你已經做報告做了好幾個小時了，何不休息一下？）

2. Arianna **has been dealing** with that account since 2014. I've got big shoes to fill.
   （亞莉安娜從 2014 就開始跟那名客戶打交道了。我得加把勁才能趕上她。）

3. I haven't seen you since you transferred to the planning department. What **have you been doing** lately?
   （自從你調到企劃部門後我就沒見到你了，你最近都在做什麼？）

如果某事情或行為剛剛結束，可是仍與現在有某種程度上的關聯，我們也可以用現在完成進行式描述該事件。

1. Sorry to have kept you waiting. Have you **been waiting** long?
   （抱歉讓你等了，你等很久了嗎？）

2. Have you **been crying**? Your eyes are red.
   （你剛剛在哭嗎？你的眼睛好紅。）

3. I've **been trying** to clear a paper jam, so now my hands are covered in toner.
   （我一直試著要解決卡紙的問題，所以搞得我的手都是墨水。）

習題 40
換你小試身手！

發揮你的想像力，假裝你是一名科學實驗室的實習生，用現在完成進行式回答下列問題。

1. Why are there reference books all over the lab table?
   （為什麼實驗台上到處都是參考書？）

2. Are you still taking notes?
   （你還在做筆記嗎？）

3. How long have you been looking at those beakers?
   （你已經看那些燒杯看多久了？）

4. Why has the boss's door been closed all day?
（為什麼老闆辦公室的門整天都是關著的？）

5. What have you been doing in the lab all night?
（你整晚都在實驗室做什麼？）

過去完成進行式

過去完成進行式的形式是：had been（即 be 動詞的過去完成式），再加上現在分詞動詞（即動詞字尾加 ing）。例如：I had been studying（我一直在讀書）、she had been writing（她一直在寫）、it had been snowing（一直在下雪）等等。

過去完成進行式用來表示：某行為或某件事開始的時間點在過去、結束的時間點也在過去；或者是某行為或某件事起始於過去的某個時間點、持續到過去的某個時間點。

1. I remember when I learned of my promotion. I **had been working** in the sales office at that time.
（我記得我得知升遷的那時候，我已經在銷售辦公室工作了一陣子。）

2. Gabriel **had been studying** economics before he changed his major to accounting.
（加布里埃爾過去一直是修讀經濟學，後來才轉去修會計學。）

3. The undergraduate students **had been living** in off-campus housing until the college built these dorms.
（這些大學生本來一直都住在校外的租房，直到學校蓋了這些宿舍他們才住在校內。）

過去完成進行式的句子裡，若搭配 for（達…之久）或 since（自從），就可以表示該事件或行為在過去持續了多久，或是從何時開始。

1. We **had been working** in the conference room for about four hours when the computer network went down.
（自從電腦網路故障後我們就一直在辦公室處理問題，處理了大約四小時之久。）

2. William **had been studying** Korean since he was in middle school and only stopped about a year ago.
（威廉從中學起就開始學韓文，直到大約一年前才停止學韓文。）

「過去完成進行式」跟「過去完成式」這兩者的差別在於：過去完成進行式強調某行為或事件在過去「持續」了多久，而過去完成式僅僅表示某行為或事件已經在過去結束了。

1. I **had been working** all day without a break, and I suddenly got hungry.
   （我整天沒有休息都在工作，然後我就突然肚子餓了。）

2. I **had worked** all day yesterday without a break and decided to leave the office.
   （昨天我連續工作整天後決定離開辦公室。）

習題 41
換你小試身手！

發揮你的想像力，利用過去完成進行式完成下列句子。

1. The accounting manager was fired because ＿＿＿＿＿＿＿＿＿.
   （會計部的主管被辭退了，因為……）

2. A guy walked into me on the sidewalk because ＿＿＿＿＿＿＿＿＿.
   （在人行道上有個傢伙撞到我，因為……）

3. Madelyn passed all of her final exams because ＿＿＿＿＿＿＿＿＿.
   （瑪德琳通過了她所有的期末考，因為……）

4. Isaac fell down at the office holiday party because ＿＿＿＿＿＿＿＿＿.
   （艾薩克在公司的年末派對上跌倒了，因為……）

5. I was able to ＿＿＿＿＿＿ because ＿＿＿＿＿＿.
   （我之前能夠……因為……）

未來完成進行式

未來完成進行式的形式是：will have been（即 be 動詞的未來完成式），再加上現在分詞動詞（即動詞字尾加 ing）。例如：I will have been working（我會已經工作）、she will have been studying（她會已經讀書）、we will have been living（我們會已經生活）等等。

未來完成進行式可以用來表示：某個動作或情況，將會持續到未來的某個時間點。未來完成式就好比把自己送到未來的某個時間點，然後回頭看整個事件或行為的全貌。

1. By the time I am fifty years old, I **will have been working** for thirty–two years.

    （等到我五十歲的時候，我將會已經工作了三十二年。）

2. We started working on this budget at noon. If we continue until midnight, we **will have been working** for twelve hours.

    （我們從中午就開始處理這個預算了，如果我們工作到午夜，我們就會已經工作了十二小時。）

3. When you begin your medical residency, you **will have been studying** medicine for eight years.

    （等你開始當住院實習醫師時，你將會已經讀了八年醫學。）

利用未來完成進行式完成下列句子。

1. By this time tomorrow, _____.
    （在明天的現在這個時間時……）

2. By my next birthday, _____.
    （在我長一歲之前……）

3. By this time next week, _____.
    （在下個星期的這個時間時……）

4. By the time I finish all of the lessons in this book, _____.
    （在我讀完這本書的所有章節時……）

5. By the time I retire, _____.
    （在我退休時……）

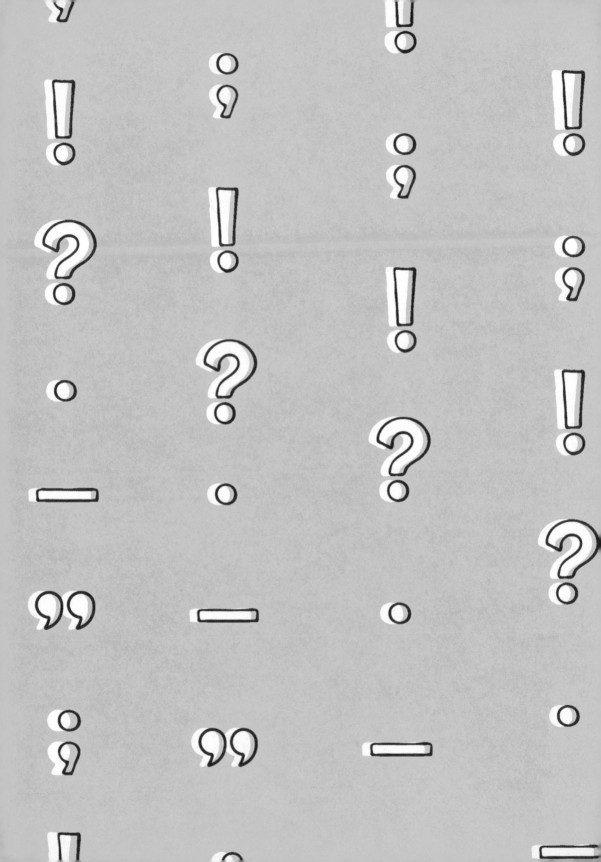

第 6 章

進階動詞文法
Advanced Ideas with Verb

在本章，我們將帶你看**情態助動詞**（modal verbs）、**使役動詞**（causatives）以及**條件句**（conditionals）的動詞用法。只要學會這三種動詞用法，你的表達就會比單純使用動詞時態更多元，而且這三個主題，也常常出現在各種英語能力測試中。所以理解本章的內容、懂得如何使用它們，將會帶給你很大的幫助。

情態助動詞

情態助動詞屬於助動詞的一種，搭配一般動詞使用的時候，可以用來表達能力、許可、可能性、責任或必要性。大多數時候，同個情態助動詞可以有多種不同意思跟用法，像是 must（必須）或 should（應該要）就是很好的例子。

情態助動詞（一）：Must/Have to/Need to

must（必須）用來表示必要性。通常談及規則或是法律時，我們會用 must 來表示必須遵守某個規則／法律。如果你說 you must do something（你必須做某事），代表你沒有第二選項，只能做必須做的事。

1. When you travel abroad, you **must** have a passport.
   （要出國就必須有護照。）

2. You **must** stop at a red light.
   （紅燈前必須停。）

3. You **must** speak quietly in the library.
   （在圖書館必須輕聲細語。）

must（必須）的否定用法為 **must not**（不可以），用來表示禁止做某事，也可以理解為 don't do that（不可以做某事）。

1. You **must not** smoke here.
   （不可以在這裡抽菸。）

2. You **must not** pass a red light without stopping.
   （不可以闖紅燈。）

3. You **must not** shout in the library.
   （不可以在圖書館大呼小叫。）

而 **have to**（必須做…）就像 must（必須），也是用來表示必要性，若必須遵守某規則或是法律，我們也會用 have to。不過，相比 must，have to 的語氣較輕、沒有 must 那麼強硬，但仍然表示你沒有別選擇，只能按照規定做事。

1. When you travel abroad, you **have to** have a passport.
   （要出國就必須有護照。）

2. You **have to** stop at a red light.
（紅燈前必須停。）

3. You **have to** speak quietly in the library.
（在圖書館必須輕聲細語。）

don't have to 是 have to 的否定用法，意思是「某事乃是非必要的、不一定要做某事」。請注意，have to 的否定用法，和前面提到的 must 的否定用法 must not（不可以）不太一樣。而且，must 並沒有 don't must 的用法，所以 must 的否定用法當然也沒有「不一定要做某事」的意思。

1. When you travel from Baltimore to Phoenix, you **don't have to** bring a passport.
（從巴爾的摩到鳳凰城不需要／不一定要帶護照。）

2. You **don't have to** stop at a green light.
（綠燈前不需要／不一定要停下來。）

3. You **don't have to** speak quietly in the library café.
（在圖書館咖啡廳不需要／不一定要小聲講話。）

had to 是 have to（必須做…）的過去式，意思同樣為「必須做…」，只不過是用來描述「過去」必須做的事。must 則沒有過去式可表達過去必須做的事。

1. When I traveled abroad, I **had to** have a passport.
（以前出國的時候，都必須帶護照。）

2. You **had to** stop at the red light. That's why the police stopped you.
（紅燈你必須停啊，怪不得警察要攔你。）

3. You **had to** speak quietly in the library. That's why the librarian scolded us.
（在圖書館必須輕聲細語，就是因為我們沒有遵守才會被圖書館員罵。）

need to（需要做…）也類似於 must 和 have to，用來描述應該、必須做某件事，但它們之間仍有些微不同，差別在於「必要性」出自於何者。若是用 must 或 have to，通常這個必要性是出自於他人的規定或法律；若是用 need to，通常這個必要性是出自於自身。must/have to 跟 need to 的差異見以下例句：

1. When you travel abroad, you **must** have a passport.
（要出國就必須有護照——這個必要性出自於法律規定。）

2. You **have to** be quiet in the library.

（在圖書館必須安靜——這個必要性出自於社會規範。）

3. I **need to** go on a diet.

（我需要節食——這個必要性出自於我自身的要求。）

如果你自己（或他人）為了你定下一個規定或計畫，那麼此時就可以用 need to（需要做…）。

1. I **need to** exercise more.

（我需要多運動。）

2. Matt said he **needs to** get a new computer.

（麥特說他需要換台新電腦。）

3. We **need to** leave by 5:00 p.m. to get to the station on time.

（我們需要在下午五點前離開才能準時到車站。）

習題 43
換你小試身手！

請用 must、have to 或 need to 幫下列句子填空，注意人稱或時態。

1. My flight is at 7:00 a.m. tomorrow, so I _____ wake up at 4:00 a.m.

（我的班機在明天早上七點，所以我需要早上四點起床。）

2. When you have a job interview, you _____ be late.

（如果你要面試工作，你就千萬不能遲到。）

3. Paisley is lucky. Even though she is the store manager, she _____ work on weekends.

（佩斯麗很幸運。雖然她是店長，但她週末不需要上班。）

4. The boss said the marketing plan we submitted looked okay, so we _____ make any changes.

（老闆說我們提交的行銷計劃看起來還行，所以我們不需要做任何更改。）

5. I think I _____ start looking for a new job. This company isn't doing well.
（我想我需要開始找新工作了。現在的公司營運得不怎麼好。）

情態助動詞（二）：Had Better/Should/Ought to

had better（最好做…）：可以用來警告某人，意思是「如果你不做…，就會發生壞事。」

1. It's very cold outside today. You **had better** dry your hair before going out.
（今天天氣很冷。你最好把你的頭髮吹乾再出門。）

2. You still have that headache? You **had better** see a doctor.
（你頭還痛喔？你最好去看個醫生。）

1. If you want to pass this course, you **had better** do all of your homework.
（想要通過這門課，你最好是把所有功課都做完。）

should 跟 ought to 有兩種意思，第一種為「應該要」，用來表示某件事是個好主意、建議某人應該做某事情。在下面例句中出現的 should 跟 ought to 都可以交替使用：

1. We **should** go home now. It's getting late.
（我們應該出發回家了，已經越來越晚了。）

2. You **ought to** let the boss look that over before you e-mail it.
（你應該先讓老闆看過再寄出去。）

3. When you come to NYC, you **should** go to Central Park.
（你到紐約時應該要去中央公園走走。）

should 跟 ought to 的第二種意思為「應該會」，用來表示某種狀況可能會發生，因為那件事是常態或是可預料到的。

1. Class **should** be finished by 1:00 p.m.
（這堂課應該會下午一點前下課——由此可知這堂課通常都是一點下課。）

2. Milena **ought to** be here soon. She left her house 30 minutes ago.
（米萊娜應該快到了。她三十分鐘前就出門了——由此可以合理推論這段路程通常為三十分鐘。）

如果你在 should have 後面加上過去分詞動詞，那麼你描述的事情在過去並沒有發生，但你覺得應該要發生，例如若是描述你後悔的事情時，就可以用這種用法。ought to（應該要、應該會）則沒有這種用法和意思。

1. The train **should have gotten** here 10 minutes ago.
（火車應該十分鐘前就要到了啊——意思是本來的期望是火車十分鐘前會到，但沒有。）

2. I **should have studied** harder in school.
（我在學時應該要更努力讀書的——意思是後悔自己在學時沒有認真讀書。）

習題 44
換你小試身手！

用 had better、should 或 ought to 完成下列句子。

1. The sales rep ＿＿＿＿＿＿ be here soon. He is usually on time.
（那位推銷員應該就快到了，他通常都很準時。）

2. This meeting schedule looks fine to me, but I think we ＿＿＿＿＿＿ have Elena look it over before we send it out.
（這會議時程看起來還行，但我覺得我們應該先讓愛琳娜看過再發送出去。）

3. The doctor told David that he ＿＿＿＿＿＿ stop smoking.
（醫生告訴大衛他最好戒菸。）

4. I think you ＿＿＿＿＿＿ go back and make sure you locked the door.
（我覺得你最好是回去確認你有沒有把門上鎖。）

5. I think I ＿＿＿＿＿＿ start exercising. I need to lose a little weight.
（我想我應該要開始運動，我需要稍微減個肥。）

情態助動詞（三）：May/Might/Can
許多時候，**may** 跟 **might** 的意思一樣，都表示「可能」。
may（可能）跟 **might**（可能）都用來表示某事可能發生。

1. It **may** rain tomorrow.（也可說）It **might** rain tomorrow.
（明天可能會下雨。）

2. I **may** come to the office this weekend. （也可說） I **might** come to the office this weekend.
（我這個週末可能會到辦公室。）

3. Insook **may** visit us at the trade show.（也可說）Insook **might** visit us at the trade show.
（仁淑可能會到商展拜訪我們。）

在某些正式場合，我們用 **may**（祝、願）來表示我們的願望，這種用法多見於書寫而非口語英文。

1. **May** you have a very successful trip.
（祝你旅行順利。）

2. Congratulations on your wedding. **May** you have a lifetime of happiness and joy.
（恭喜你，你的婚禮辦得很成功。希望你一輩子快樂幸福。）

may（可以）還有另一種使用情境，是你想要有禮貌地跟他人要求東西或是徵求同意時，可以用 may。

1. **May** I have another cup of coffee?
（我可以再來杯咖啡嗎？）

2. **May** I ask you a question?
（我可以問你一個問題嗎？）

can 也有多種使用情境。首先，can（能、會、可以）可以用來表示你因為練習或苦讀而「有能力」做某件事或使用某個技巧。

1. Lila **can** use InDesign, so I think we should have her work on the brochure.
（萊菈會用 InDesign 這個軟體，所以我覺得我們應該請她做這個小冊子。）

2. Angelo **can** type faster than anyone else in the office.
（安傑洛打字速度是這個辦公室裡最快的。）

3. Let me know if you need any help at the conference. I **can** speak Japanese.
（如果你會議上需要任何幫忙就告訴我一聲，我會說日文。）

4. Katia **can** tell you anything about history.
（卡蒂亞能夠說給你聽關於歷史的大小事。）

can（能、會、可以）的意思也可以是「可以」，表示有機會做某事。

1. By working in the marketing department, you **can** experience so many things.
（在行銷部門工作，你可以體驗到許多事。）

2. In a university, you **can** meet many students from various countries.
（在大學，你可以見到許多來自不同國家的學生。）

3. You **can** find all kinds of publications in the main library.
（在主圖書館你可以找到各式各樣的刊物。）

can（能、會、可以）還可以用來表示允許、批准。

1. You **can** leave the office as soon as you finish that paperwork.
（只要你處理完文書工作你就可以離開辦公室。）

2. I **can** dress as I like for work.
（我可以想穿什麼就穿什麼去上班。）

3. The manager said we **can** go home early.
（主管說我們可以早點回家。）

我們也可以在疑問句中用 **can**（能、會、可以）來徵求他人同意。

1. **Can** you help me with my term paper?
（你可以幫忙我的論文嗎？）

2. **Can** I turn down the air conditioner?
（我可以把冷氣關小一點嗎？）

3. **Can** we take a break from studying?
（我們可以暫停讀書，休息一下嗎？）

can（能、會、可以）還可以用來提出建議。

1. We **can** take a break now if you'd like.
（如果你想要，我們現在可以休息一下。）

2. What do you want for lunch? We **can** have pizza or burgers.
（你午餐想吃什麼？我們可以吃披薩或漢堡。）

3. Asher has to leave early, so he **can** do his presentation first.
（亞舍要提早離開，所以他可以第一個報告。）

最後，**can**（能、會、可以）也可表示某情況是常態、不出所料的。

1. Working long hours **can** be dangerous for your health.
（工時長會對你的健康造成危害。）

2. Be careful of that dog. He **can** be aggressive.
（小心那隻狗。那隻狗很兇。）

3. Bosses and teachers **can** be demanding.
（老闆和老師都讓人不省心。）

習題 45
換你小試身手！

利用 may、might、can 完成下列句子。

1. I haven't finished my work, so I _____ stay here a bit longer.
（我還沒做完工作，所以我可能會再多待一會兒。）

2. Why don't you ask Cameron to help you? He _____ use all of the software.
（你可以請卡麥隆幫你啊，這些軟體他都會用啊。）

3. Nicolas is a nice guy, but sometimes he _____ talk forever.
（尼可拉斯人是很好，但他有時候總是說個不停。）

4. Grace wasn't feeling well, so she _____ not come to work today.
（葛芮絲不太舒服，所以她今天可能不會來上班。）

5. Some questions on the TOEFL _____ be tricky, so read them carefully.
（托福考試有些陷阱題，所以要仔細閱讀。）

情態助動詞（四）：Could

could（能）是 can 的過去式，用於否定句時可以表示過去沒有能力做某事。

1. I **couldn't** use Excel before I started working here.
   （在我來這裡工作以前我不會用 Excel。）

2. Lincoln **couldn't** find his wallet this morning.
   （今天早上林肯找不到他的錢包。）

3. Because of the heavy traffic, we **couldn't** catch the flight.
   （因為交通太堵塞了，我們沒能趕上班機。）

若我們想要表達過去有能力做某事（肯定句），我們不會用 can 的過去式 could（能），而是更傾向使用 **was able to**（能夠）。

1. I **was able to** find the jacket I was looking for.
   （我找到了我在找的那件夾克。）

2. We **were able to** get on the next flight.
   （我們能夠乘下一班班機。）

3. Finally, Ezra **was able to** find his keys.
   （終於，以斯拉找到他的鑰匙了。）

could（可能）也可以用來表達可能性，敘述可能發生的事情。

1. They **could** be right. This contract is complicated, so we should have the legal department look at it.
   （他們可能是對的。這個合約很複雜，我們應該請法務部門看過。）

2. I would go if I **could** afford it.
   （如果我負擔的起，我就會去了。）

3. This shelf was not installed properly. I think it **could** easily fall.
   （這個架子沒有安裝得很好，我覺得它可能很容易就掉下來。）

could（可以）也可用來有禮貌地請求他人。

1. **Could** we use the phone?
   （我們可以借用電話嗎？）

2. **Could** I borrow your calculator?
   （我可以借用你的計算機嗎？）

could（可以）加上 have 加過去分詞動詞時，可以表示你因為某事該完成卻沒完成而感到煩躁。可是在句子裡，導致你沒能完成那件事情的原因（見以下例句的 if 子句，用來表示「要是…的話」）並不必特別明說，或者是已經隱含在語意裡，所以不需再額外說明。

1. We **could have gotten** an earlier flight if they had told us about it.
   （要是他們有跟我們說，我們本來可以搭上更早的班機的。）

2. They **could have told** me that they were coming late!
   （他們本來可以提早跟我說他們會遲到的！）

could（可能）還可以用來表示某人很可能會做某事，或很可能以某種方式行事。

1. He irritates me so much that I **could** scream.
   （他超級煩，煩到我都快尖叫了。）

2. She **could** be so negative sometimes.
   （她有時候可以很負面。）

**習題 46
換你小試身手！**

以完整句回答下列問題，並且用到 could 或 be able to。

1. What is something you couldn't do two years ago?
   （兩年前你還不會做什麼？）

2. Were you able to keep your GPA above 3.5 last semester?
   （你上個學期的成績平均點數有超過 3.5 嗎？）

3. Do you think it could snow within the next seven days?
   （你覺得接下來七天內有可能會下雪嗎？）

4. Do you think an AI robot could replace you at work?
   （你覺得人工智慧機器人有可能在工作上取代你嗎？）

5. Is there anything you could have done differently over the past year?
   （在過去這一年，有沒有什麼事情是你可以有不同的做法的？）

使役動詞

使役動詞用來表示某人或某事物「致使」另外一件事情發生，最常見的使役動詞為：make、let、have、get。

當我們把 make、let、have、get 作為使役動詞使用且後面有受格時，受格進行的動作之動詞需用原形動詞。也就是說，如果你將 make、let、have、get 的意思當作「使某人做某事」，則某人（受格）「做」的某事就必須以原形動詞表示。

make 作為使役動詞時，意思為「使⋯做⋯、強迫⋯做⋯」，它的用法為 make 加受格（被強迫的對象）加原形動詞。

1. The boss **made** Jermaine **work** on the report all day.
   （老闆讓傑曼整天處理報告。）

2. The professor **makes** his students **write** a journal every day.
   （教授強迫他的學生每天寫一篇日記。）

3. Jenny **makes** her son **eat** all of his vegetables.
   （珍妮逼她的兒子把蔬菜吃光。）

let 作為使役動詞時，意思為「允許⋯做⋯、讓⋯做⋯」，它的用法為 let 加受格（被允許的對象）加原形動詞。

1. My manager **lets** us **go** home early if we've finished our work.
   （如果我們做完工作，我的主管就會允許我們早點回家。）

2. Connor **let** me **use** his tablet in the library.
   （康納允許我在圖書館用他的平板電腦。）

3. The airline **let** Tia **switch** her flight without a penalty.
   （航空公司讓蒂亞不必繳罰金就改變航班。）

have 作為使役動詞時，意思為「請⋯做⋯、安排⋯做⋯」，它的用法為 have 加受格（被請求或安排的對象）加原形動詞。

1. The boss **had** Juan **work** on the meeting schedule.
   （老闆要胡安整理會議時間表。）

2. Callie **had** the IT department **repair** her laptop.
   （凱莉請技術部門修理她的筆電。）

3. Emery **had** her students **decorate** the classroom for the holidays.
（埃默里安排她的學生為節慶佈置教室。）

get 作為使役動詞時，意思為「說服⋯做⋯」，它的用法為 get 加受格（被說服做事的對象）加不定詞（即 to 加原形動詞）。

1. The boss **got** Lorenzo **to play** golf on Sunday.
（老闆說服洛倫佐星期天打高爾夫。）

2. I **got** him **to agree** to help me paint the house.
（我說服他同意幫我粉刷房子。）

3. We **got** Colton **to join** our carpool in the morning.
（我們說服科爾頓早上跟我們一起共乘。）

當我們請他人幫忙我們做某事的時候，就可以用 have 或者 get 的句型。這時的句型是：have 或者 get 後面加上一個物（亦即受格），然後再加過去分詞動詞。也就是說，我們請他人幫某物（受格）做某事（過去分詞動詞）。你可以說 have something done 或是 get something done（讓某物被做某事）。

1. I **had** my hair **cut**.
（我找人剪了我的頭髮。）

2. I need **to have** my car **serviced**.
（我的車需要維修一下。）

3. I **had** my house **painted** last month.
（我的房子上個月粉刷好了。）

習題 47
換你小試身手！

回答下列問題，並且用到使役動詞 make、let、have、get。

1. What time does your employer make you start work in the morning?
（你的雇主規定你們早上幾點上班？）

2. Imagine you are the boss of a small IT office. What would you let your staff do (or not let them do)?

（假裝你是一家小型科技公司的老闆。你會讓你的員工做什麼？或不讓他們做什麼？）

3. When was the last time a classmate or coworker had you do something for them?

（上一次某個同學或同事請你幫他們做某事是什麼時候？）

4. Would it be easy for a friend to get you to wake up at 5:00 a.m. to go hiking?

（如果你朋友要在清晨五點把你叫起床一起去健行，會很困難嗎？）

5. What is something that you want to have done around the house?

（你家有什麼地方是你想要請人來處理的嗎？）

條件句

在英文裡，我們用**條件句**來表達：「滿足某條件時（如做出某種行為，或發生某種狀況），就會發生另一件事情」。條件句總共有四種句型，它們的共通點是 if（如果）後面加上須滿足的條件。

零條件句

零條件句的句型是用來描述：常態或不變的事實。零條件句的句型是：**if** + 某條件（**現在式動詞**），則會發生某件事（**現在式動詞**）。

1. **If** the temperature **reaches** 100 degrees Celsius, water **boils**.

（溫度如果達到一百攝氏度，水就會沸騰。）

2. **If** it **snows**, driving **becomes** dangerous.

（下雪開車會很危險。）

3. **If** you **come** to work late, your pay **gets** docked.

（如果你上班遲到，你的薪水就會被扣減。）

第一條件句

第一條件句的句型是用來表達：符合某條件時，未來可能會或一定會發生某情形。第一條件句的句型是：**if** + 某條件（**現在式動詞**），則未來會發生某件事（**未來式動詞如 will、be going to 加原形動詞，或是助動詞 can、may、might 加原形動詞**）。

1. **If** it **snows** tomorrow, I **will not drive** my car.
   （如果明天下雪，我就不會開車。）

2. **If** I **am** late for work again, the boss **is going to be** angry.
   （如果我又遲到，老闆會很生氣。）

3. **If** I **need** help, I **might call** you.
   （如果我需要幫忙，我可能會打給你。）

第二條件句

我們用第二條件句的句型來描述假想的狀況。第二條件句的句型是：**if** + 與現在事實相反的假想狀況（**過去式動詞**），那麼會發生某件事（**助動詞 would、could、might、 may 加原形動詞**）。

1. **If** I **won** the lottery, I **would buy** a big yacht.
   （如果我中樂透，我就會買一艘大遊艇。）

2. **If** I ***were** taller, I **could be** a better basketball player.
   （如果我長得高一點，我籃球會打得更好。）

3. **If** Tom **were** here, he **would be able to** fix the computer.
   （如果湯姆在這裡，他就能夠修理電腦了。）

   ＊注意：在第二條件句的句型中，be 動詞的過去式不論人稱一律用 were。

根據你覺得某事發生的可能性高低，同一句話你可以選擇用第一條件句或第二條件句。

1. **If** I **win** the lottery, I **will buy** a big yacht.
   （如果我中樂透，我會買一艘大遊艇——講話的人覺得自己真的可能中樂透。）

2. **If** I **won** the lottery, I **would buy** a big yacht.
   （如果我中樂透，我就會買一艘大遊艇——講話的人覺得自己中樂透可能性很低，或是已經開獎了但自己沒中，或根本沒買樂透。）

但有些狀況下，第一條件句跟第二條件句又不能交替使用，如下面例句：

1. **If I am** taller, I **can be** a better basketball player.

    （如果我長得高一點，我籃球會打得更好——小朋友可以這樣說，因為長高這件事對小朋友來說還是未來可能發生的事情，但成人不能這樣說，因為長高對成人來說已經不可能。）

2. **If I were** taller, I **could** be a better basketball player.

    （如果我長得高一點，我籃球會打得更好——此時的我已經不可能再長高了。）

我們常用第二條件句 **if I were you**（如果我是你）來給他人建議。

3. **If I were you,** I would not eat junk food.

    （如果我是你，我就不會吃垃圾食物。）

4. Are you having car trouble? **If I were you,** I **would take** the car back to the dealer.

    （你的車有問題嗎？如果我是你，我就會把車帶回去給車商。）

5. Akeno's wife is mad at him. **If I were Akeno,** I **would bring** her some roses and apologize.

    （阿克諾的老婆對阿克諾很生氣，如果我是阿克諾，我就會給老婆幾朵玫瑰然後道歉。）

第三條件句

我們用第三條件句的句型來描述假想的過去，也就是過去沒發生過的事情。第三條件句常用來談論過去可以有什麼不同。

第三條件句的句型是：**if** + 某假想的過去（**過去完成式動詞**），那麼過去會發生某件事（**助動詞 would、could、might、 may 加 have 加過去分詞動詞**）。

1. **If I had known** about the exam, I **would have studied**.

    （要是我當初知道會有考試，我就會讀書了。）

2. **If I had won** the lottery, I **would have bought** a big yacht.

    （如果我之前有中樂透，我就會買一艘大遊艇。）

3. **If I had seen** you at the mall, I **would have said** hello.

    （如果當時在賣場我有看到你，我就會打招呼了。）

判斷下列句子的條件句使用是否正確，有誤請改正。

1. If the temperature drops below 32 degrees Fahrenheit, water will freeze.
    （溫度如果降到 32 華氏度以下，水會結凍。）

2. If you have any trouble with your term paper, let me know and I will help you.
    （如果你寫論文時有任何問題，告訴我一聲我就會幫你。）

3. I would have gone to the meeting if I knew about it.
    （如果我知道有會議，我就會去參加了。）

4. If they will not sign the contract, we will schedule another meeting with them.
    （如果他們不簽合約，我們就會再跟他們安排另一場會議。）

5. If Violet were here, she would be able to help us out.
    （如果維歐蕾在這裡，她就能幫我們了。）

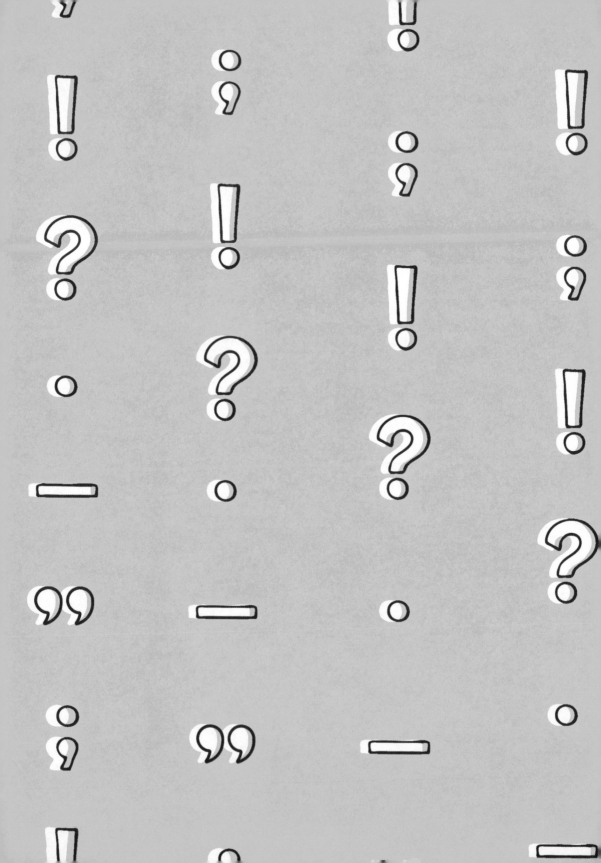

第 7 章

介系詞
Prepositions

介系詞能夠告訴我們在一個句子中，名詞跟其他字的關係是什麼，例如 at、on、to 就是介系詞。接下來這個章節我們將會學習介系詞跟它們的各種用法。

時間介系詞

時間介系詞有 at、on、in，用來表示時間。at（在…時刻）後面接的是時鐘時間，也就是幾點幾分。on（在…時候）後面接的是日子，如星期幾或幾月幾號。而其他更長的時間段我們用 in（在…期間），例如 months（月）、seasons（季節）、years（年）、centuries（世紀）等等。

時刻	日子與日期	更長的時間段
at three o'clock 在三點	**on** Sunday 在星期天	**in** May 在五月
at 10:30 a.m. 在早上十點半	**on** Tuesdays 每星期二	**in** summer 在夏天
at noon 在中午	**on** March 6 在三月六號	**in** 2010 在 2010 年
at night 在晚上	**on** June 25, 2020 在 2020 年 6 月 25 日	**in** the 1990s 在 90 年代
at bedtime 在睡覺時間	**on** Christmas Day 在聖誕節	**in** the eighteenth century 在十八世紀
at sunrise 在日出時間	**on** my birthday 在我生日	**in** the Ice Age 在冰河時期

以下是例句：

1. I have a meeting **at** 9:00 a.m.
   （我早上九點有個會議。）

2. Cala is going to give an HR presentation **on** Friday.
   （卡拉星期五要上台做人資報告。）

3. This company always gives you a day off **on** your birthday.
   （這間公司都會讓員工在生日當天放假。）

4. I suggest you visit Paris **in** the spring.
   （我建議你在春天走訪巴黎。）

5. That type of music was popular **in** the early eighteenth century.
   （那種音樂在十八世紀早期很流行。）

還有一些固定的介系詞跟時間搭配，像是 in、at、on、during（在…期間）就有一些固定的詞組。例如：in the morning（在早上）、in the afternoon（在

下午）、in the evening（在傍晚）、at night（在晚上）、during the week（在週間）、on the weekend（在週末）。

1. We are having a marketing meeting **in** the morning.
   （我們早上要開個行銷會議。）

2. I don't have any classes **in** the afternoon.
   （我下午沒有任何課。）

3. Aisha's flight arrives **in** the evening.
   （愛紗的班機在傍晚抵達。）

4. Half of the call center staff works **at** night.
   （客服中心有一半的員工晚上上班。）

5. I work hard **during** the week.
   （我週一到週五認真工作。）

然後，如果時間前面有 last（上一個）、next（下一個）、every（每個）、this（這個），前面就不用再放時間介系詞 at、in 或 on。

1. I saw Ming **last** week.
   （我上個星期見到敏。）

2. Jamal is coming back **next** Tuesday.
   （賈馬爾下星期二會回來。）

3. We go skiing **every** winter.
   （我們每年冬天都會去滑雪。）

4. We'll call you **this** evening.
   （我們今天傍晚會打給你。）

習題 49
換你小試身手！

在下列空格內填入正確的時間介系詞。

1. The final exam begins ＿＿＿＿＿＿＿＿ 4:00 p.m.
   （期末考在下午四點開始。）

2. The next team meeting is _____ June 3.
   （下一次團體會議在六月三號。）

3. The nursing course is only held _____ the spring
   semester.
   （護理課只在春季學期開課。）

4. I can't believe the boss is making us work _____ the
   weekend.
   （我不敢相信老闆竟然逼我們在週末上班。）

5. Charlotte became the office manager _____ 2002.
   （夏洛特在 2002 年成為辦公室經理。）

6. There's not much traffic _____ night.
   （晚上路上車不多。）

地方介系詞

一般來說，介系詞可以用 at 或 in 來表明地點或位置。下面兩個句子的意思是
一樣的，都說明了米拉的所在位置。

1. Mila is at her office.
   （米拉在她的辦公室。）

2. Mila is in her office.
   （米拉在她的辦公室。）

由上面兩句可知，籠統地描述地點位置時，at 跟 in 是可以交替使用的。
然而，at 跟 in 還是有它們不同的地方，有各自獨特的用法跟意思。
如果句子裡的地方介系詞用的是 at，此時句子強調的是在該地點人們通常會進
行某個動作。仔細閱讀下面三個例句，你會發現，它們的動詞都是動作動詞。

1. I **bought** this shirt on sale **at** the department store.
   （我趁特價的時候在百貨公司買了這件襯衫。）

2. Mateo **had** a coffee **at** a nice café.
   （馬特奧在一家很不錯的咖啡店喝咖啡。）

3. Let's **study at** the library.
（我們一起在圖書館讀書吧。）

相反地，如果地方介系詞用的是 in，此時句子僅僅陳述地點位置，而不著重在人進行了什麼動作。所以在下面三個例句裡，你會發現它們的動詞都是 be 動詞，而非動作動詞。

1. I **was in** the department store yesterday.
（我昨天在百貨公司。）

2. Mateo **is in** a café on Madison Ave.
（馬特奧在麥迪遜大道上的一家咖啡店裡。）

3. We **have been in** the library for three hours. Let's go home.
（我們已經在圖書館裡三個小時了。我們回家吧。）

以下是 at 跟 in 的幾個固定詞組，它們的意思可能跟表面上看來有點不同。

1. Jayden is in the hospital.（He is a patient there.）
（傑登住院了——in the hospital 的意思是生病住院，而非單純指人在醫院。）

2. I was at work all night last night.（I was working in my office.）
（我昨晚整晚在工作——意思是在辦公室工作。）

3. Rishima is at college, so her sister has their bedroom to herself.
（Rishima is living at college.）
（李希瑪現在住校，所以她妹妹可以獨享房間——at college 指的是離家住校，而非單純指就讀大學。）

如果地點是有邊界的，我們會用 in 當作地方介系詞，例如：**in** a country（國家）、**in** a city（城市）、**in** a town（城鎮）、**in** a county（縣）、**in** a neighborhood（街坊）。

1. Jill lives **in** France.
（吉爾住在法國。）

2. Ethan spent a week **in** London on business.
（伊森在倫敦出差一週。）

3. Samir lives **in** Brooklyn, but he works in Manhattan.
（薩米爾住在布魯克林，但他工作地點在曼哈頓。）

或者如果某地點四周有圍牆或圍欄，我們也會用 in，例如 in a park（公園）、in a building（建築）、in a box（箱子）。

1. It's a nice day. Let's have a picnic **in** the park.
   （今天天氣真好，我們在公園野餐吧。）

2. Her husband works **in** an Art Deco building.
   （她老公在一棟裝飾藝術風格的建築裡上班。）

3. We have a few bottles of wine **in** the refrigerator.
   （我們冰箱裡有幾瓶酒。）

講到東西南北等方位的時候，地方介系詞要用 in 或 on，但不可以任意交替使用，以下是它們的使用規則：

名詞：當 north（北方）、east（東方）、south（南方）、west（西方）作為名詞時，地方介系詞用 in 加定冠詞 the。

1. New York is **in the** East, and California **in the** West.
   （紐約在東邊，加州在西邊。）

2. It's cold **in the** North, especially in the winter.
   （北方很冷，特別是冬天的時候。）

3. Some people **in the** South like to eat spicy foods.
   （有些在南方的人喜歡吃辣的食物。）

形容詞：當 north（北方）、east（東方）、south（南方）、west（西方）作為形容詞時，地方介系詞用 on 加定冠詞 the。

1. Camilla lives **on the** west side of town.
   （卡蜜拉住在城鎮的西部。）

2. There are many flags **on the** south wall of the building.
   （這棟建築的南面牆上有許多旗子。）

3. Sebastian's office is **on the** Upper West Side.
   （賽巴斯汀的公司在上西城區。）

地址：如果地點是一串地址，包含了路名跟門牌號碼，地方介系詞用 at。

1. His office is **at** 475 Ocean Avenue.
   （他的公司地址為海洋大道 475 號。）

2. Eliana works **at** 500 Broadway.
（埃利亞娜在百老匯大道 500 號工作。）

3. I live **at** 333 Lombard Street.
（我住在倫巴底街 333 號。）

路名：但若只是講一條路的路名（不是門牌）時，地方介系詞用 on。

1. His office is **on** Ocean Avenue.
（他的公司在海洋大道上。）

2. There are a lot of interesting places **on** Broadway.
（在百老匯大道上有許多有趣的地方。）

3. There used to be many discount shops **on** Canal Street.
（以前堅尼街上有許多折扣店。）

具體地點：若指的是一條街上或鎮上的某個地點時，地方介系詞用 at。

1. His office is **at** the corner of Ocean and 40th St.
（他的辦公室在海洋大道跟 40 街的交叉路口。）

2. I think James lives **at** the end of this block.
（我想詹姆斯是住在這個街區的尾端。）

位在某區域之中：但如果某地點是位於一個區域的中間，這時地方介系詞就用 in。

1. My office is **in** the middle of the block.
（我的辦公室就在這個街區的中間。）

2. There is a lake **in** the middle of the park.
（在這公園的中間有一座湖。）

一個具體的點：講到在路途中的每一站時，地方介系詞用 at。

1. This train will stop **at** Lincoln Center, Times Square, and Soho.
（這班火車將會停靠林肯中心、時代廣場、蘇活區。）

2. I stopped **at** the coffee shop on the way to my office.
（我在往我辦公室的路上去了咖啡店。）

幫下列句子選出正確的地方介系詞。

1. Aliyah met her husband when she was working (at / in / on) Yahoo.
   （阿莉亞在雅虎工作時認識了她的丈夫。）

2. I was (at / in / on) work until 11:00 p.m. trying to finish the marketing project.
   （我工作到晚上十一點，就為了完成那行銷企劃。）

3. I didn't realize you were (at / in / on) the kitchen.
   （我不知道你那時在廚房。）

4. Scarlett lives (at / in / on) the south side of the city.
   （史嘉莉住在這個城市的南方。）

5. The speaker system is (at / in / on) the middle of the table.
   （擴音系統就在桌子的中間。）

介系詞的搭配詞

搭配詞 collocations 指的是經常搭配一起使用的詞組。在接下來這個小節，我們將一起學習常見的名詞、動詞、形容詞搭配哪些介系詞。

名詞搭配的介系詞

- approach to 對…的思考方法或態度
- attempt at 嘗試…
- cause of…的原因
- change in…的改變
- difference in…的不同
- example of…的例子
- experience in…的經驗
- increase in…的增加
- investigation into 調查…
- knowledge of…的知識
- need for 需要…
- reaction to 對…的反應
- reason for…的原因
- research into 研究…
- response to 回應…
- success in 成功於…

1. This company's **approach to** marketing is very impressive.
（這間公司的行銷手法很令人印象深刻。）

2. I like our new professor. She has great **knowledge of** robotics.
（我喜歡我們的新教授，她對機器人技術有豐富的知識。）

3. I am writing in **response to** your job posting.
（我是看到你們的徵人啟事而寫信的。）

動詞搭配的介系詞

- apply for 應徵…
- associate with 與…來往
- belong to 屬於…
- comply with 遵守…
- concentrate on 專注在…
- contribute to 投稿；導致…；貢獻
- deal with 處理…；與…打交道
- elaborate on 闡述…
- graduate from 畢業於…
- inquire about 詢問關於…
- participate in 參加…
- prepare for 為…準備
- search for 搜尋…
- specialize in 專精於…
- succeed in 成功於…
- work for 對…有用；為…工作

1. To **apply for** this position, please submit your résumé.
（若要應徵這個職缺，請提交你的履歷。）

2. Our firm **specializes in** immigration law.
（我們公司專攻移民法。）

3. I'd like to help you **prepare for** your dissertation.
（我想要幫助你準備你的學位論文。）

形容詞搭配的介系詞

- affiliated with 隸屬於…；與…有關聯
- committed to 承諾做…
- conscious of 意識到；感覺到
- experienced in 對於…經驗豐富
- familiar with 熟悉…
- grateful for 對…感到感激
- impressed by 對…有好印象
- inspired by 受到…的啟發
- interested in 對…感到有興趣
- involved in 與…牽扯在內
- optimistic about 對…感到樂觀
- prepared for 準備好做…
- responsible for 負責…
- serious about 對於…認真的、堅決的
- skilled in 對…熟練的
- successful in 在…方面成功

1. Ryan's new company is **affiliated with** FIFA.
   （萊恩的新公司隸屬於國際足球總會。）

2. I am **grateful for** the opportunity to interview for this position.
   （我很感謝有機會能夠為這個職位面試。）

3. As you can see by my résumé, I am **skilled in** all of the key areas.
   （從我的履歷您可以看到，我熟稔所有重要的領域。）

習題 51
換你小試身手！

回答下列問題，並用到題目中粗體字的搭配詞組。

1. What is necessary for **success in** the twenty-first century?
   （在二十一世紀，什麼是成功的必備條件？）

2. What have you made an **attempt at** recently?
   （你最近嘗試做什麼？）

3. When was the last time you **participated in** a lecture or seminar?
   （你上一次參加講座或研討會是什麼時候？）

4. How many foreign languages are you **familiar with**?
   （你熟悉幾種外語？）

5. What have you been **impressed by** recently?
   （最近什麼東西讓你感到印象深刻？）

動詞片語

動詞片語是由動詞跟介系詞組成的一種慣用語。什麼是慣用語呢？慣用語是多個單字組成的片語，組合起來產生的片語意思會與個別單字意思不同。以下是使用動詞片語需要注意的三樣事項：

1. **及物動詞片語**後面會加一個直接受格。

a) It's a bit chilly outside. Why don't you **put on** a jacket?
（外面有點涼，你何不穿上夾克？）

b) Can you please **turn on** the light?
（可以請你打開燈嗎？）

c) At 4:00 p.m. I have to **pick up** Chloe at the airport.
（下午四點時我必須去機場接克蘿伊。）

d) We have to **put off** the meeting because the boss has to leave early today.
（我們必須將會議延後，因為老闆今天要提早離開。）

2. 不及物動詞片語後面不加直接受格。

a) A good cup of coffee can certainly help me **wake up**.
（好的咖啡肯定能幫助我清醒。）

b) How did your research project **turn out**?
（你的研究計畫後來怎麼樣了？）

c) Alexei **showed up** late for work and the boss was really upset.
（阿列克謝上班遲到，老闆很生氣。）

d) Retail sales usually **fall off** after the Christmas holiday season.
（零售額通常在聖誕假期結束後下滑。）

3. 有些動詞片語的字是可以拆開來的。也就是說，你可以將直接受格放在動詞跟介系詞中間；若直接受格是代名詞，那一定要將它放在動詞跟介系詞中間，不能放在介系詞後面。

a) Please **take off** your shoes.（請把你的鞋子脫下來。）
b) Please **take** your shoes **off**.（請把你的鞋子脫下來。）
c) Please **take** them **off**.（請把它們脫下來。）

習題 52
換你小試身手！

你可以列出十個前面沒提到的動詞片語嗎？

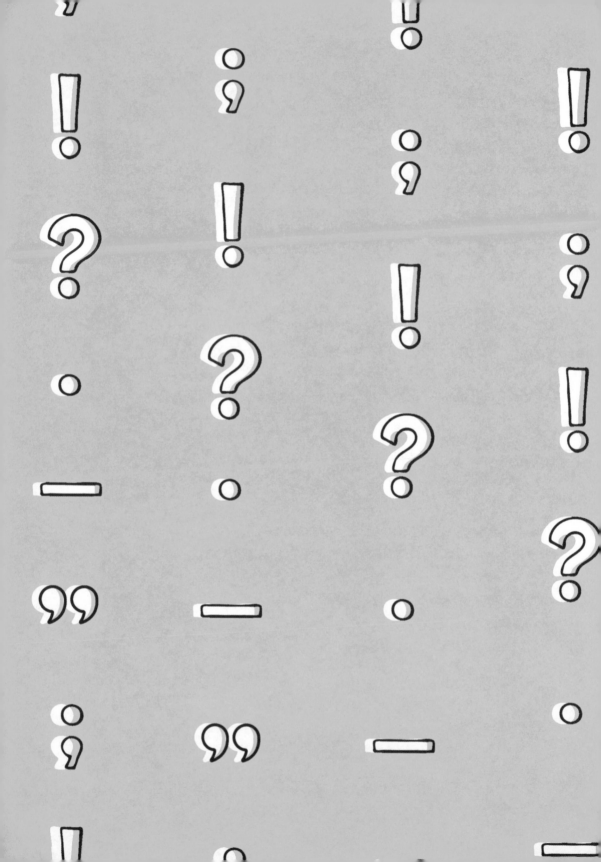

第 8 章

句子與標點符號
Sentences and Punctuation

到這裡，我們已經學了各種詞性跟動詞時態，接下來我們就將所學實際運用在句子裡吧！

在英文裡，一個**句子**是一個完整的想法、概念，例如這句：I took an exam.（我考了個試。）句子裡面的四個單字組成了一個完整句，傳遞了完整的訊息。但假如我說的是 I took，這並不是一個完整句，聽的人可能會猜想：did he take a bus or the last donut?（他是搭了公車，還是拿走了最後一塊甜甜圈？）Did he take some time to do something, like a break or a ride?（還是他花時間做了某事，例如休息？兜風？）原因全都在於，如剛才所說，I took 並不是個完整句，後面應該有話還沒有說完。

標點符號指的是文本內會出現的符號，例如：. - , ; ? 等等。標點符號能用來標明句子的起頭、暫停、結尾，幫助我們讓句意更清楚，不容易產生誤解。

句子的基本結構與子句

在英文裡，完整的句子應該呈現完整的想法，我們稱這種完整想法的句子為**獨立子句**。獨立子句一般由至少一個主格跟至少一個動詞組成。

1. UFOs fly.
    （幽浮會飛。）

2. The woman is working.
    （這女人正在工作。）

3. The Empire State Building is iconic.
    （帝國大廈具有代表性。）

如果句子裡有至少一個獨立子句，那麼這個句子就可以獨立存在，因為它的語意清晰完整。

1. This factory produces cars.
    （這座工廠生產車子。）

2. The university library has over one million books.
    （這個大學圖書館有超過一百萬本藏書。）

3. Some employees have a four-day workweek.
    （有的員工一個星期上四天班。）

與獨立子句相反的稱為**從屬子句**。從屬子句裡雖然也可以有一個主格跟一個動詞，但它的語意並不完整。我們看下面這個例句：

1. This factory produces cars, which are exported to the United States.
    （這個工廠生產車子，它們會出口至美國。）

在上面這個句子裡，this factory produces cars 是個獨立子句，可以獨自存在表達完整語意，但後半段的 which are exported to the United States 是從屬子句，它必須仰賴前面的獨立子句才能形成完整的語意——因為如果沒有前面的 this factory produces cars 這一句，則後面的從屬子句 which are exported to the United States 裡面的 which 這個字，所指對象就不清楚了。所以，即使這個從屬子句 which are exported to the United States 同樣也有一個主格跟一個動詞，它表達的意思仍不完全。

判斷下面句子是獨立子句還是從屬子句。

1. I think I have finally found the answer.
（我想我終於找到答案了。）

2. In the middle of the park where the pond is.
（在公園的中間，也就是湖的所在。）

3. She asked me for a lift.
（她問我能不能讓她搭便車。）

4. Where you can find the parts factory.
（那裡你能找到那間零件店。）

5. That she can submit her résumé.
（她可以提交她的履歷。）

複合句與複雜句

複合句 compound sentences 是句子的一種，由兩個獨立子句連接而成。

1. The woman is working, but she is enjoying her work.
（這名女子正在工作，而她享受自己的工作。）

2. The Empire State Building is iconic; it was the tallest building in New York City for forty years.
（帝國大廈具有代表性。它曾經是紐約市最高的大樓四十年之久。）

3. Even though UFOs fly, they are not the only things that do so.
（雖然幽浮會飛，但它們並不是唯一會飛的東西。）

複雜句 complex sentences 也是句子的一種，指的是由一個獨立子句跟一個或多個從屬子句連接而成的句子。在複雜句裡，從屬子句扮演著補充資訊的角色，為獨立子句提供更多訊息。我們看下面這個複雜句例子：
The woman is working in her office, which is located on Rodeo Drive.
（那名女子正在她的辦公室工作，她的辦公室位於羅迪歐大道上。）

在上面這個例句中，最前面的 the woman is working in her office 是獨立子句，而後半段的 which is located on Rodeo Drive 是從屬子句，為前面的獨立子句補充了更多資訊。以下面再舉幾個複雜句的例子：

1. Domenica's office is on Rodeo Drive, where you can find a number of shops, restaurants, and small offices.
   （多梅尼卡的辦公室在羅迪歐大道上，在羅迪歐大道上你可以見到一些商店、餐廳和小型辦公室。）

2. Professor Horowitz came to the conference even though he had a cold.
   （即使霍羅威茲教授感冒了，他還是出席會議。）

3. The annual report will be published when the CFO gives his final approval.
   （年報將在財務長首肯後公布。）

習題 54
換你小試身手！

請將下面五個句子裡的獨立子句畫底線、圈起從屬子句。

1. Even though Manuel had the necessary experience and qualifications, he was turned down for the job.
   （雖然曼努埃爾具備足夠的經歷跟資格，他還是沒得到那份工作。）

2. We recorded the CEO's speech, which he gave at the conference.
   （我們錄下了執行長在會議的致詞。）

3. Carson wasn't able to pass the final exam because he didn't put enough effort into studying.
   （卡爾森因為念書不夠認真而沒能通過期末考。）

4. Yumi likes to study in the public library, which has a number of private study rooms.
   （由美喜歡在公共圖書館念書，那裡有幾間個人自習室。）

5. We won't be able to start the meeting until everyone has arrived at the office.
   （我們要等到所有人都抵達辦公室才能開始會議。）

形容詞子句、名詞子句、副詞子句

從屬子句又可以依他們在句子中的功能分為三種：**形容詞子句 adjective clauses**、**名詞子句 noun clauses**、**副詞子句 adverbial clauses**。

形容詞子句在句子中的功能為形容詞，它能夠修飾在它前面的名詞，並且提供讀者更多關於該名詞的資訊。形容詞子句可由主格加上至少一個動詞組成，並且以關係代名詞 that、which、who、whom、whose 開頭，或以關係副詞例如 when、where 等為開頭。

以 that 開頭的形容詞子句，是用來指明其修飾的名詞的身分，例如 The pizza box had a label that named me the owner.（這披薩盒上的標籤說明了這披薩是我的。）這句話裡的 that named me the owner，就是指明句子所說的 label（標籤）是哪一個特定的「label」。

而以 which 開頭的形容詞子句，則只提供可有可無的資訊。例如以下這個句字 The pizza, which I ordered online, meant everything to me.（這披薩是在線上訂的，它是我的一切。）該句裡的 which I ordered online 只是說明披薩是在線上訂購的，並沒有指明是哪個披薩。

1. I applied to a number of schools, but NYU is the only one **that gave me a scholarship**.
    （我申請了幾間學校，但只有紐約大學提供我獎學金。）

2. I haven't met the people **who work in the accounting department** yet.
    （我還沒見過那些在會計部門工作的人。）

3. Jay works in an office **where everyone has to wear a suit**.
    （傑伊工作的辦公室規定每個人都要穿西裝。）

名詞子句以疑問詞（who、what、when、where、which、why、how）或是連接詞（如 if、whether、that）開頭，在句子中扮演的角色為名詞，所以可以當作主格或是受格。

1. Do you know **when the midterm exams start**?
    （你知道期中考何時開始嗎？）

2. **Why he decided to quit his job** is a mystery to me.
    （我真搞不懂他為何辭掉工作。）

3. It was obvious to everyone **that Tatiana deserved that promotion**.
    （大家都心知肚明，泰蒂亞娜獲得升遷是應該的。）

副詞子句以連接詞（如 although、because、once、unless、until、while）開頭，在句子中當作副詞使用，用來表示時間、地點、原因、方式、條件、對比或是結果。

1. Please don't use your cell phone **while you are working**.
   （工作時請不要使用手機。）

2. **Because Chantara put in a lot of effort**, she was named salesperson of the year.
   （因為姜塔拉付出很多心力，她被選為年度銷售員。）

3. **Once you go through orientation**, you'll be assigned a username and password.
   （只要你參加完新生訓練，你就會分到一組帳號密碼。）

按下「傳送」之前
先停、看、聽！

要知道何時用 who（誰）或 whom（誰），只要注意一個關鍵：你說的是主格還是受格？

如果是主格，用 who：Who likes pizza? Everyone does.（誰喜歡披薩？大家都喜歡。）

如果是受格，用 whom：This pizza belongs to whom? Me.（這是誰的披薩？我的。）

習題 55
換你小試身手！

用形容詞子句、名詞子句或是副詞子句完成下列句子。

1. I remember a time ....
   （我記得那時⋯）

2. Can you tell me .... ?
   （你可以告訴我⋯嗎？）

3. _____, we won't be able to finish this project.
   （⋯，我們將沒辦法完成這項專題。）

4. The boss asked me to work this weekend _____.
   （老闆要我這週末上班⋯）

5. Technology, _____, advances at an incredible rate these days.
   （科技近來正以驚人的速度在進步⋯）

逗號、連字號、破折號、撇號

逗號 commas 能分開句子的不同部分，使得語意更加明確。請閱讀以下例句，觀察逗號的位置，以及如果沒有逗號的話，會如何改變一個句子的意思。

1. Eat, Jimmy.
   （這句話是在鼓勵吉米吃飯。）

2. Eat Jimmy.
   （這句話則變成：把吉米吃掉！）

3. Now, we're going to hit, guys.
   （這句話是在告訴大家我們比賽的下一步要做什麼：打擊。）

4. Now we're going to hit guys.
   （這句話則變成：我們要來揍人囉。）

在複合句中，連接獨立子句的連接詞如 but（但是）、so（所以）、and（且）的前面，會加上逗號。

1. Being a YouTuber can be fun and exciting, but not everyone can make a living doing it.
   （當 YouTuber 可以很有趣、很刺激，但並非所有人都能以此謀生。）

2. My friend wanted to go into accounting, so he went back to school to get a master's degree.
   （我朋友想要進入會計產業，所以他回去學校讀書以取得碩士學位。）

3. Masashi is a well-known cardiologist, and his wife is a pediatrician.
   （齊史是個知名的心臟病專家，他老婆則是個小兒科專家。）

某些複合詞會用到**連字號 hyphens**，或是當一個單字在上一行裡面寫不下，需要換到下一行的時候，此時在上一行的句尾處也必須使用連字號。

如同我們在第一章提過的，連字號搭配數字可以形成複合形容詞，例如 five-day workweek（有五個工作日的一週）。此外，英文中還有許多其他含有連字號的複合形容詞跟複合名詞，以下是幾個例子：

- deep-fried 油炸的
- dry-cleaning 乾洗
- long-winded 冗長的
- merry-go-round 旋轉木馬
- part-time 兼職的
- president-elect 總統當選人
- time-out 暫停
- time-out 暫停

連字號也可以用來表示年紀、數字或是分數，但大於 99 的數字不需要用連字號。

- one-third 三分之一
- one-half 二分之一
- six-eighths 八分之六
- twenty-two 二十二
- fifty-seven 五十七
- eighty-nine 八十九

連字號還可將特定前綴（又稱字首，例如 anti、pre、pro、post 等等）連接到專有名詞。

- anti-Nazi 反納粹
- post-Brexit 英國脫歐後
- pre-Christmas 聖誕節前
- pro-Palestinian 支持巴勒斯坦

書寫需要換行時，也會使用連字號在句尾。

When you are writing on a computer and there is a long sentence, the computer may insert a hyphen, dividing a word by its syllable.

（當你在電腦上書寫一個很長的句子時，你的電腦可能會自動在句尾加上連字號，並將一個單字依照它的音節拆開。）

長破折號 em dash 是破折號中，長度最長的一種，常用在非正式英語句子中，將額外的資訊獨立出來以強調該資訊。許多時候，長破折號可以代替括號和逗號。

1. All of the people in my office—from the manager to the receptionist—work a five-day workweek.

（我辦公室所有的人——上至經理下至接待員——都一個星期工作五天。）

2. We worked for many hours—many long hours—to finish the report on time.

（我們工作了好幾個小時——好幾個漫長的小時——為了及時完成報告。）

撇號 apostrophes 可形成名詞或不定代名詞的所有格，也可用來表示縮略形式以及複數名詞的所有格。

要形成名詞或不定代名詞的所有格，只要先在名詞或不定代名詞後面加撇號再加上 s 即可。

- anyone's idea 任何人的想法
- the CEO's speech 執行長的致詞
- Charlie's presentation 查理的報告
- the company's policy 公司的政策
- the dog's tail 狗的尾巴
- everybody's exam result 大家的考試成績
- the résumé's header 履歷的頁首
- someone's report 某人的報告
- the tablet's charger 平板電腦的充電器

當複數名詞的最後一個字母為 s，或是一個專有名詞的最後一個字母是 s 時，只要在單字最後加上撇號便是它們的所有格了。

- Arkansas' population 阿肯色州的人口
- teachers' office 老師辦公室
- the Joneses' cat 瓊斯家的貓
- zoos' animals 動物園的動物

習題 56
換你小試身手！

利用標點符號修改下面這個段落，你可以加上或刪除逗號、連字號、破折號、撇號。必要時將字首大寫。

The First-Day on the Job（工作的第一天）

Today was the first day of work for the part time and full time trainees at Acme Corporations headquarters in LA. Even though everyones mood was upbeat and they were open minded many of them were a little on edge. One of the trainees tasks was to read the companys HR handbook the whole handbook! Its over thirty five chapters. Actually they were given ample time to complete the task and some of the trainers were on standby to assist them.

本題的解答，請參看書末。

冒號與分號

一般來說，**冒號 colons** 的前面是一個獨立子句，而它的後面則可連接一個清單、一句直接引述，或一個**同位語 appositive**。同位語指的是用來補充或說明名詞的一種片語。

冒號後面可以連接一個清單，而在這個清單裡提到的項目，如果多於兩個的時候，需要用 and 或逗號分開。

1. Make sure you bring the following on the day of your TOEFL exam: your confirmation e-mail from ETS and a valid form of ID.
（托福考試當天記得帶下列東西：美國教育測驗服務社 ETS 寄發的確認信函跟有效證件。）

2. Once you register for the conference, you will receive an attendee kit containing: a name badge, a badge holder, a floor plan of the conference hall, and a tote bag.
（申請參加會議後，你會收到一份與會者資料包，內含：名牌、證件夾、會議廳的平面圖，跟一個手提包。）

冒號後面也可以接子句或片語。如果接的是一個完整的句子，則完整句的字首要大寫；若接的是一個非完整句（片語），則字首小寫。

1. The company policy is very clear: All vacation requests must be submitted at least two weeks in advance.
（公司的政策很清楚：任何休假都必須在至少兩週前提出申請。）

2. There are only two possible grades you can receive in this class: pass or fail.
（這堂課只有兩種成績：不是通過就是當掉。）

冒號後面也可以接一句直接引述，例如直接引述某人的話。但如果以 she said（她說）或 they said（他們說）這類的詞開頭的話，不能用冒號。

1. I'll never forget what my statistics teacher told me: "Your last mistake is your best teacher."
（我永遠不會忘記我統計學老師對我說的話：「犯錯能讓你成長。」）

2. Skyler said that Benjamin Franklin's famous words inspired her to become a teacher: "Tell me and I forget, teach me and I may remember, involve me and I learn."
（絲凱勒說，班傑明·富蘭克林的名言啟發她成為老師：「用說的我會忘記，用教的我可能會記得，但讓我參與我就能學會。」）

冒號的後面也可以銜接一個同位語。在名詞後面加同位語，可以幫名詞補充資訊。

1. Ibrahim was in awe when he came face-to-face with the largest land animal in the world: the African elephant.
（易卜拉辛親眼見到陸地最大的動物：非洲象時感到很驚嘆。）

2. A boss needs to exhibit certain qualities: trust in their employees and the ability to motivate staff.
（身為老闆必須表現出這些特質：相信下屬、激勵員工。）

分號 semicolons 可用來連接兩個關係密切的獨立子句。

1. Some bosses take good care of their employees; they help them develop their skills and grow in the company.
（有些老闆很會照顧他們的職員；他們會幫助職員學習技能、在公司成長。）

2. Many children are interested in learning coding these days; in fact, many schools now offer coding and programming classes.
（最近許多小孩對想學編碼；而實際上，許多學校現在也提供編碼跟程式設計的課程。）

在一個清單裡，若其下的項目內又含有逗號，這時就可以用分號來區分開那些含有逗號的項目。

1. Many students wonder if they should buy a tablet, which is very portable; a laptop, which has a keyboard; or a desktop, which has the most memory and storage of the three.

   （許多學生在考慮他們應該買哪一種電腦。平板電腦很方便攜帶；筆電可攜帶又有實體鍵盤；但桌機的記憶體跟容量比前面兩個的都大。）

2. I've worked in three countries in Asia: China, where I taught English; Japan, where I worked as a voice actor; and South Korea, where I was a university professor.

   （我在亞洲三個國家工作過：我在中國教過英文；我在日本當過配音員；我在南韓當過大學教授。）

習題 57
換你小試身手！

請修改下列句子，方式是增加或刪去冒號跟分號。必要時將字首大寫，或是加上逗號或句號。

1. Ana graduated from university in three and a half years her next goal is to pass the CPA exam.

   （安娜在三年半內就取得學士學位她的下個目標是取得註冊公認會計師執照。）

2. We need to set up the conference room with the equipment for the meeting the projector the remote control and the screen.

   （我們必須佈置會議室準備好開會要用的器材投影機遙控器投影幕。）

3. There are three ways to grow your business social media which will attract potential customers a mailing list to keep in touch with current customers and a website to provide information about your business.

   （有三種方式可以幫助你的事業成長社交媒體以吸引潛在客戶郵寄清單以與現有客戶保持聯繫一個網站以提供有關你的業務資訊。）

4. Many new managers face the same problem they try to keep the same relationships that they had before becoming a manager.

   （許多新上任的經理都會遇到相同的問題他們想要試著跟同事維持以前的關係。）

5. I'll never forget what my grandfather used to tell me always keep your sense of humor and never worry about anything you can't control.
（我會永遠記得我祖父以前跟我説的保持幽默不要為自已無法控制的事情煩惱。）

圓括號（　）與中括號〔　〕

圓括號（parentheses）：用來補充對讀者可能有用的資訊。

1. Anyone applying for an office job needs to know basic office software (Word, Excel, PowerPoint) and have good communication skills.
想要在辦公室工作的人都應該要會基本的文書處理軟體（如 Word、Excel、PowerPoint）而且要擁有良好的溝通技巧。

2. The Edo Period (1603—1868) was a Japanese historical period in which the country was closed to almost all foreign trade.
日本江戶時代（西元 1603 年 –1868 年）是日本歷史上幾乎關閉一切對外貿易的時期。

在一個句子裡（例如一個清單）裡面需要編號或編順序（例如阿拉伯數字，或英文字母）的話，也可以用圓括號來把這些編號框起來。

1. During your annual performance review, your manager will discuss (1) your sales results for the year, (2) your goals for the following year, and (3) your career path.
在你的年度績效考核中，主管會與你討論（1）你今年銷售成績、（2）你明年的目標、（3）你的職涯規劃。

2. For the final exam, you can choose from either (a) a multiple-question exam or (b) a three-page essay.
關於期末考，你可以選擇考（a）問答題或是（b）三頁論文題。

中括號〔brackets〕：在編輯的時候，如果要表示「某語句是編輯時增添的」，則可以用中括號把該語句框起來。也可以在中括號內加入三個點，表示某些語句被刪除了。

1. There are many international companies [⋯] which manufacture those components.

   有許多國際大廠 [⋯] 生產那種零件。

2. In fact, Salisbury Construction [the only LEAD-certified construction firm in the area] had taken over operations of the project.

   事實上，索爾里茲伯里建設公司 [該地區唯一獲得 LEAD 認證的建設公司] 已經接管了該專案的進行。

習題 58
換你小試身手！

在下列句子必要的地方加入圓括號。

1. Her research described the effects of Prohibition 1920—1933 on the New York City economy.

   （她的研究描述了美國禁酒令 1920–1933 年對於紐約市經濟的影響。）

2. To enter the building, you need to 1 show a photo ID, 2 pass through the metal detector, and 3 pass through the facial recognition scanner.

   （要進入這棟大樓，你必須 1 出示有照片的身分證件 2 通過金屬探測器 3 通過臉部辨識儀器。）

修訂下列句子，並且用中括號表示你增加或刪減了哪些資訊。

1. The three major automakers use parts produced by a number of factories in Mexico.

   （這三家主要的汽車製造商使用的零件生產自墨西哥的幾家工廠。）

2. The volume of work produced by Natsume Sōseki one of the most famous figures in Japanese literature rivals that of Franz Kafka.

   （夏目漱石日本文學界數一數二知名的人物的作品數量與法蘭茲·卡夫卡的不相上下。）

引號

在英文中，**引號 quotation marks** 總是成雙成對地寫在引用句的最前面和最後面，高度則位在該行的頂端，且首、尾的引號分別彎向引用句（可想像：引號的「尾巴」朝向引用的句子）。一般來說，我們用引號來表示一段話為直接引述的。通常引用的句子或片語之間會用逗號分開。注意，如果標點符號是跟引用句內容有關的，要寫在引號內。

1. She said, "I'm impressed with the security in this office."

   她說：「我很佩服這棟辦公大樓的安保。」

2. "Please take the elevator to the tenth floor," said the receptionist, "and then turn left."

   「請搭電梯至十樓，」接待員說，「出了電梯後左轉。」

3. "Stop!" she said. "I'm tired of your excuses."

   「不要說了！」她喊道。「我已經受夠了你的各種藉口。」

4. "Where is the meeting room?" Kim asked.

   「會議室在哪裡？」金問道。

反之，如果標點符號不是因引用句而存在的，放在引號外面。

5. Did she say, "I'm not going to go"?

   她有說「我不會去」嗎？

6. What does he mean when he says "I'm knackered"?

   他說的「我累翻了」是什麼意思？

如果在引用句裡又有引用句，此時用單引號框起句中句。

1. The nurse replied, "The doctor said, 'You should stop smoking,' but the man refused."

   護士回道：「醫生說：『你該戒菸』，但那個男人不聽。」

2. Jay's dad said, "Jay, have fun at the party and say 'congratulations' to Wilma for me."

   傑伊的爸爸說：「傑伊，去派對好好玩，記得幫我跟威爾瑪說『恭喜』。」

判斷引號與它前後的標點符號是否使用正確。若有錯誤請修正。

　"Have a seat, Mr. Jameson"，said the lawyer. "This won't take long"．
Mr. Jameson sat back on the sofa. He had a curious look on his face, and he could not understand why they were staring at him. He looked right at the lawyer's face and said: "Let's get to the point: What do you want me to do?"

　"Its important for us to find the truth. A man's life is at stake," replied the lawyer.
Jameson looked down for a moment and then their eyes met. "I think the truth is clear," "don't you?"

　"What exactly," chimed the lawyer ", is clear? We want to hear that from you."

中譯：

詹姆森先生，請坐。律師說道，我們不會花你太久時間。

詹姆森先生在沙發上坐下，他臉上帶著奇怪的神情，他不能理解為什麼大家都在盯著他。於是他直勾勾地看向律師，說道：我們就直接切入正題吧。你們想要我怎麼樣？

我們想要的是真相。有個人正處於生死關頭。律師回答。

詹姆森聽後低著頭一會兒，然後抬起頭與律師四目相接，說：我想大家都知道真相是什麼吧。你不也這麼認為嗎？

你口中說的真相律師說，究竟是什麼？我們想要親耳聽你說。

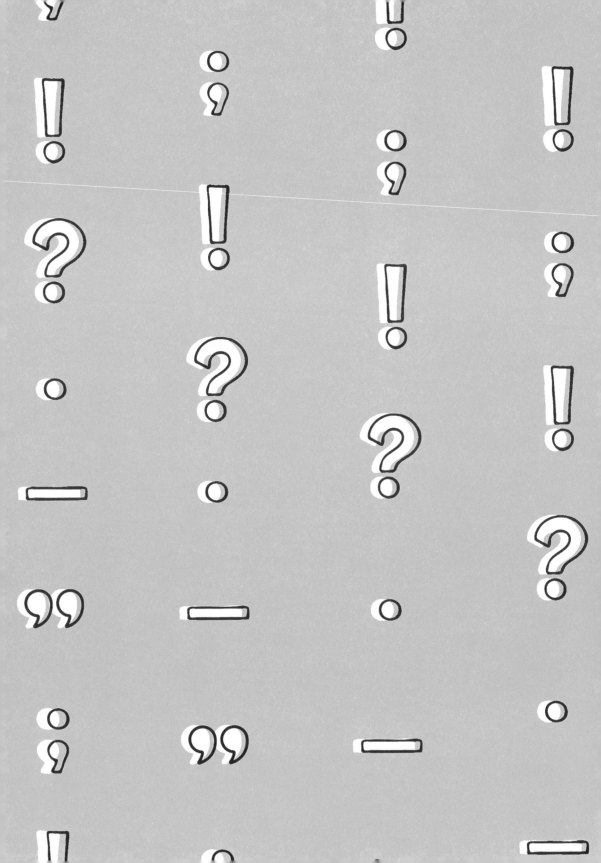

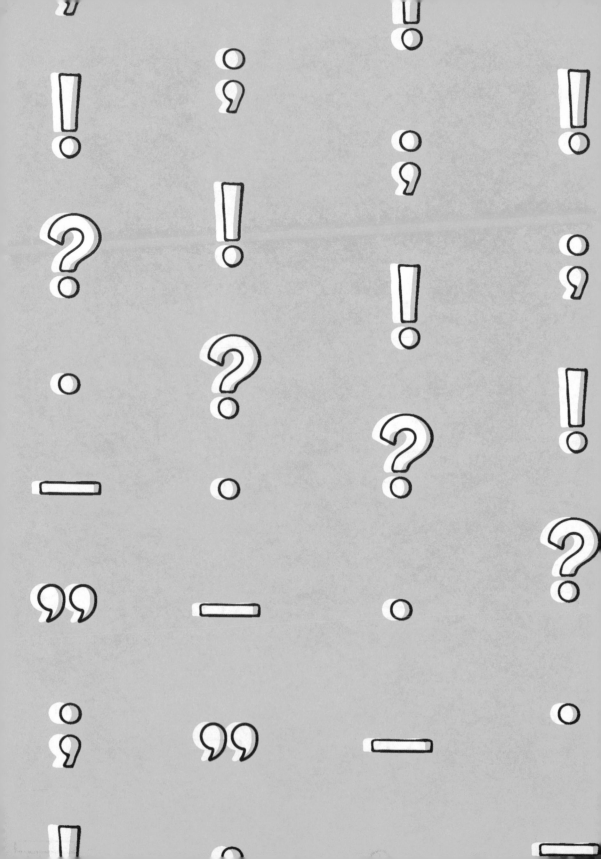

第 9 章

實際運用句子與調整寫作方式
輕鬆寫出漂亮的一段文章

在上一章，我們已經看過句子的各種類型，在接下來這一章，我們就來看看這些句子可以如何使用。首先，我們會先學習句子的兩種基本類型：一種強調動作、另一種強調動作產生的結果。接著，我們會帶你練習，目標是讓你的寫作越來越完美，使語句更加清晰有邏輯，方法包含了如何針對目標讀者調整句子文風，還有如何避免寫出容易產生歧義的句子。

主動語態與被動語態 Active and Passive Voice

英文句子根據語態可以分為下列兩種類型：主動和被動。主動句也就是大家熟知的**主動語態**，主動語態強調的是「何人或何物」在做某個動作。

1. The chairman **is leading** the meeting.
   （主席正在主持會議。）

2. My teacher **has graded** our exams.
   （我的老師已經幫我們的考試打分數了。）

3. The software **analyzes** the data.
   （這個軟體分析這份資料。）

4. Many people all over the world **speak** English.
   （世界上許多人說英文。）

而被動句又稱為**被動語態**，強調的是某個動作產生的「結果」，至於是何人或何物做那個動作，或許不重要，也可能無從得知。被動語態的句子結構是：be 動詞加上過去分詞動詞，例如：is made（被做出來的；被逼迫的）、was created（被創造的）、is being done（正在被做的）、had been completed（已經被完成的）等等。

1. The meeting **is being led** by the chairman.
   （這個會議正在由這位主席主持。）

2. The exams **have been graded** by the teacher.
   （考試已經被老師改好了。）

3. The data **is analyzed** by the software.
   （這份資料由這個軟體分析。）

4. English **is spoken** all over the world.
   （英文在全世界被使用。）

如果一個句子提到「某人」做了某動作，特別是那個人是我們知道或認識的，通常我們會傾向用主動語態。比方說，若要說我的老公煮了晚餐，主動句 My husband cooked dinner 會比被動句 Dinner was cooked by my husband 來得自然。

值得注意的是，被動語態裡的過去分詞動詞，只能是**及物動詞**。及物動詞是

可以直接承接受格的一種動詞。相反地，**不及物動詞**就不能用在被動語態的句子裡，例如 happen（發生）、seem（看起來）、die（死掉）等。比方說，你可以寫 An accident happened（一個意外發生了），但不能寫 An accident was happened（一個意外被發生）。

視情況將下列主動句改為被動句、被動句改為主動句。若無法變換請留白。

Active	Passive
1. Eli completed the report. （伊萊完成了報告。）	
2. A problem occurred with the transaction. （交易時出現了問題。）	
3.	The issue was solved by the student advisor. （這個問題由學生顧問解決了。）
4.	These scanners are made in China. （這些掃描機製造於中國。）
5.	J. S. Bach was born in 1685. （巴哈生於 1685 年。）

雙重否定

雙重否定指的是一個句子裡同時有一個副詞 not（不），又有一個否定詞如 nobody（沒有人）、never（從不）、hardly（很少；幾乎不）或 rarely（很少）等等。在英文裡，一個句子應該只有一個否定詞，所以雙重否定這種用法是不正確的，不應該存在。

1. We never don't finish our tasks .

   正確寫法為 We never finish our tasks.

   （我們從來沒有完成我們的任務。）

2. She doesn't hardly study for exams .

   正確寫法為 She hardly studies for exams.

   （她幾乎沒有準備考試。）

3. Eleanor isn't rarely on time for work.

   正確寫法為 Eleanor is rarely on time for work.

   （艾莉諾很少準時上班。）

但是 not 跟否定的形容詞，則可以存在於同個句子裡。

1. He **wasn't uncooperative**, but he wasn't forthcoming with information.

   （他不是不合作，但他也沒有透漏任何資訊。）

2. According to the professor, that student **isn't unhappy** with her grade, but she's not exactly thrilled by it, either.

   （根據教授的說法，那名學生對於她的成績並非不滿意，但也沒有很高興。）

習題 61
換你小試身手！

判斷下列句子中的雙重否定用法是否正確。若有錯誤請修正。

1. It seems like no one was ready to hear that news.

   （似乎沒有人準備好聽到這個消息。）

2. Todd said he doesn't never travel by bus because he gets motion sickness.

   （陶德說他從不搭公車，因為他會暈車。）

3. The previous manager wasn't unkind, but he wasn't the friendliest person, either.

   （上一位主管並非不友善，但也不怎麼親人。）

4. I don't seldom have the opportunity to have such a productive meeting.

   （我很少遇到會議這麼有成效的。）

5. I haven't done nothing to bother him, so I have no idea why he's angry.

   （我沒有煩他啊，不知道為什麼他在生氣。）

第一人稱與第三人稱

寫作時，第一件事情就是決定你的視角。所謂視角，指的是文章是由誰的觀點出發和敘事。接下來要介紹的兩種視角分別為第一人稱與第三人稱。

第一人稱視角的句子中，代名詞用的是 I（我），敘事的角度是由寫下該語句的人或講出該段話的人出發。通常用到第一人稱的寫作會是比較私人的，像是日記或手札。例如下面這句就是使用第一人稱：

> It was a really cold day, and I was only wearing a light jacket.
> 那天真的很冷，我只穿了件薄的夾克。

除了日記，用來闡述筆者的想法、意見的個人文章也會用到第一人稱。

> I think the main themes in "The Raven" by Edgar Allan Poe are grief and loss.
> 我認為埃德加·愛倫·坡的〈烏鴉〉的主軸在於悲傷跟失落。

第一人稱通常聽起來或讀起來主觀性非常強，所以在學術寫作時不適合用第一人稱。

而在**第三人稱視角**的語句中，寫作的人或講話的人就不會用 I（我）這個代名詞來指自己，相反地，第三人稱較常使用 he、she、it（他、她、它／牠）這類的代名詞敘事，因此第三人稱的文章聽起來或讀起來會比較客觀。

> In his article about the Japanese novel The Tale of Genji, Buruma writes that in those days, "a sense of style" was most important to a noble gentleman.
> 布魯瑪的文章討論日本小說《源氏物語》，在文章中他寫到，在書中的那個年代，「品味」對有身分地位的紳士來說是至關重要的。

在上面這個例句中，寫作的人以客觀的角度做評論，並且用學術資料加以佐證，這就是學術寫作應有的樣子。只有在討論或介紹「你」做的學術研究時才適合用第一人稱 I（我）。

用一個段落概述一本書、一部電影、一檔電視節目或是一款電玩，並且用到第
一人稱視角，寫好後再以第三人稱視角重新敘述一次。

冗文贅字

有時候，用字不當會導致詞不達意，這種現象尤其容易發生在「冗文贅字」。
「冗文贅字」指的是不必要的字詞過多，導致文章冗長。以下幾點可以幫助你
避免寫出冗長的文句：

避免累贅或無意義的字詞。
比方說，past history（過去的歷史）這個片語就包含了累贅的字 past（過去的）；
因為只要是歷史就一定是發生在過去，所以 past 是多餘的。因此，不要寫
Let's look at the past history of this issue（我們來看這個議題過往的歷史吧），而
是寫 Let's look at the history of this issue（我們來看這個議題的歷史吧）。以下是
更多類似的例子：

> combine together（結合在一起），寫成 combine（結合）即可
> current status（現在的近況），寫成 status（近況）即可
> final outcome（最後結果），寫成 outcome（結果）即可
> on a daily basis（每天都），寫成 daily（每天）即可
> summarize briefly（簡單地概述），寫成 summarize（概述）即可
> twelve noon（正午十二點），寫成 noon（正午）即可

精準用字。
1. 不要說 in spite of the fact that，應該說 although（儘管）。
2. 不要說 put off the meeting，應該說 postpone the meeting（延後會議）。
3. 不要說 we are of the opinion that，應該說 we believe（我們認為）。

避免用 barely（幾乎沒有）、extremely（極度）、hardly（幾乎不）、quite（完全地）、very（非常）這類的修飾詞。

1. 不要説 barely legible（幾乎無法辨認），應該説 illegible（難以辨認）。
2. 不要説 hardly noticeable（幾乎注意不到的），應該説 faint（不清晰的）。
3. 不要説 quite shy（滿害羞的），應該説 timid（羞怯的）。

**習題 63
換你小試身手！**

重寫下面這則訊息，讓它不要那麼冗長、更加精簡。

Notice to All of Our Employees
In spite of the fact that we have a number of official rules regarding the company's written attendance policy, quite a few employees working here tend to usually arrive at the office late. Because of that fact, the company president, who by the way is very upset about this, has asked me to touch base with every single one of our employees and inform them of this point. In the event that you are late for work more than three different occurrences, you will face the possibility of termination of your employment.

敬告所有員工

雖然我們公司有一些出勤政策的正式書面規定，但許多在這裡工作的員工往往經常遲到。出於這個情況，公司總裁（順便説一下，他對此非常不滿）要求我與我們的每一位員工面談，告知他們這點：如果你上班遲到超過三次，你將可能面臨解雇。

用英文邏輯思考 避免錯置詞語

字詞或片語的擺放位置，和句意清晰度與正確性有極大的關聯，若字詞擺放的位置不當，可能會導致一個句子有數種解讀。以下是四種應避免犯的錯置文法：

懸垂修飾語 dangling modifiers：指的是修飾語（此處為分詞構句）所修飾的對象不明或錯誤，導致句意含糊。

1. Walking in the park, a tree fell in front of me.

    在這裡的分詞構句 Walking in the park 到底是修飾誰？是 a tree 嗎？所以是樹在公園裡走路嗎？

2. Looking out the office window, the Empire State Building was magnificent.

    這裡的分詞構句 Looking out the office window 修飾的是誰？是 the Empire State Building 嗎？所以是帝國大廈在往窗外看？

3. Wanting some fresh air, the hiking trip was quickly organized.

    這裡分詞構句 Wanting some fresh air 修飾的是誰？是 the hiking trip 嗎？所以是爬山行程想要呼吸新鮮空氣？

錯置修飾語 misplaced modifiers：指的是字詞擺放位置不當，導致一個句子可能有多種解讀。

1. The boss only reprimands the sales staff.

    這句話有兩種解讀：一是老闆只斥責了銷售部門（而沒有斥責其他部門的人），二是只有老闆（其他人並沒有）斥責銷售部門。

2. He told me the story of his business trip last week.

    這句話有兩種解讀：一是他在上星期告訴我關於他出差的故事；二是他上星期出差，然後他告訴我他上星期出差的事情。

3. Just tell me what to do.

    這句話有兩種解讀：一是告訴我該做什麼就好（不要告訴我別的事情），二是只告訴我該做什麼（不要告訴別人）。

錯置片語 misplaced phrases：指的是片語擺放位置不當，導致一個句子可能有多種解讀。

1. Everyone in the office was excited to learn that they had reached the monthly sales goal from the CEO's letter.

    這句話有兩種解讀：一是公司裡的員工都很高興從執行長的信中得知他們這個月銷售達標；二是執行長的信公布銷售應達的標準在哪，而公司員工得知他們這個月銷售有達標時都很高興。

2. I read that it's going to snow tomorrow on the Internet.

這句話有兩種解讀：一是我得知明天網路上會下雪，二是我從網路上得知明天會下雪。

3. The employee was fired when it was discovered the money was stolen by the shop manager.

這句話有兩種解讀：一是員工偷了錢，主管發現後，員工被開除；二是主管偷了錢，主管偷錢被發現後，員工被開除了。

分離不定詞 split infinitives：在不定詞的 to 跟動詞中間插入副詞的話，稱為分離不定詞，會造成語意不清。

1. I arranged to quickly go there and help them.

兩種解讀：❶我安排快速到那幫他們。❷我安排快速地去那並快速地幫他們。

2. I began to suddenly feel tired.

兩種解讀：❶我開始突然覺得累。❷我突然開始覺得累。

3. I decided to look for a new job finally.

兩種解讀：❶我終於決定找新工作。❷我決定最後才找新工作。

習題 64
換你小試身手！

修改下面句子，讓他們不再有歧義。

1. Walking away from the counter, the coffee cup fell on the floor.
2. His talking quickly made me confused.
3. Washing your hands often helps prevent colds.
4. I think my sister only knows my mom's recipes.
5. I read that the CEO is going to give a speech in the company newsletter.

中譯見書末解答。

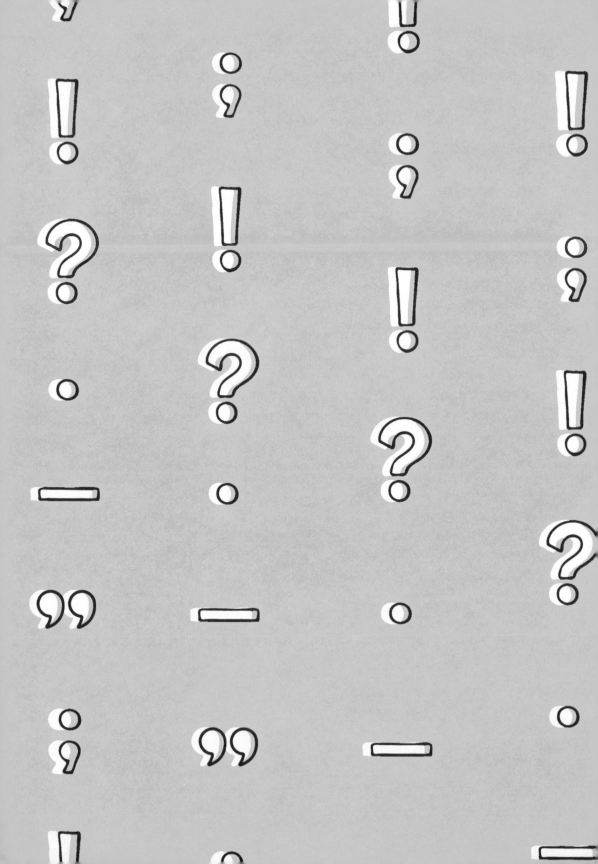

第 10 章

段落
The Paragraph

段落是英文寫作的基本要素，不論是在論文還是學術文章中，每個段落都代表一個完整的想法、概念。通常，在段落的首句就會介紹該段落的中心概念。

一個段落應該聚焦在一個概念上。一個好的段落應具備這三個部分：一句主題句、數句支持句、一句結論句。

主題句

主題句是一個段落的基礎，功能是向讀者介紹這個段落在講什麼。而段落接下來的部分，都必須圍繞著主題句行文。一個好的主題句必須清楚明白、簡潔扼要、資訊齊全並且吸引讀者目光。以下是一些主題句的範例：

1. A city has many attractions to keep its residents entertained.
   （城市擁有許多景點能夠提供當地居民休閒娛樂。）

2. The best way for the university to spend its surplus budget is to upgrade the library.
   （對大學來說，提升圖書館是消耗預算最好的方法。）

3. Learning from a teacher is more efficient than learning by experience.
   （跟老師學習，比從經驗中學習來得有效率。）

有時候，你寫文章或段落的目的，是要回應一個問題，這時你也會用到主題句。以下是托福寫作考試常出現的一些問題類型，以及你可以答題的主題句：

1. Prompt: If you could change one important thing about your hometown, what would you change?
   （題目：如果你能夠針對你的家鄉某件重要的事進行改造，你會改造什麼？）

   Topic sentence: I would like to increase the number of parks and recreational facilities in my hometown.
   （主題句：我想要在我的家鄉設立更多公園跟休閒設施。）

2. Prompt: Do you agree or disagree with the following statement? Television has destroyed communication among friends and family.
   （題目：電視阻礙了人與親友的交流。你認同針對這句話嗎？）

   Topic sentence: I agree that television has destroyed communication among friends and family.
   （主題句：我同意這句話：電視阻礙了人與親友的交流。）

3. Prompt: Some people prefer to live in a small town. Others prefer to live in a big city. Which would you prefer?
   （題目：有些人喜歡住在小鎮，有些人則喜歡住在大城市，你呢？）

Topic sentence: I prefer to live in a big city.
（主題句：我喜歡住在大城市。）

習題 65
換你小試身手！

根據下面問題寫出一句主題句。

1. Prompt: Why do you think people like extreme sports, like hang gliding or ice climbing?
   （題目：你覺得為什麼有些人喜歡極限運動？例如懸掛式滑翔運動或攀冰？）

   主題句：

2. Prompt: Would you support or oppose a plan to build a new shopping mall in your town?
   （題目：如果你居住的鎮上要蓋一座新的購物商城，你會同意或反對？）

   主題句：

3. Prompt: Do you prefer working from home or working from your office?
   （題目：你比較喜歡居家辦公還是在公司上班？）

   主題句：

段落的主體（正文）：支持句

寫好主題句之後，接下來就要寫段落的**主體（又稱正文）**。緊接在主題句之後的句子們，應當以富有邏輯的方式支持主題句的論點，或者將主題句的論點加以說明。以下是一個段落的主題句和它的支持句的範例：

A city has many attractions to keep its residents entertained. Cities have cultural institutions, such as art galleries and museums, where you can experience art, history, science, and more. In addition, most cities have theaters and concert halls where you can see a play, musical, or concert. Nightlife options in a city, such as bars and clubs, provide places for people to socialize, and restaurants give people a variety of dining options. All of these provide plenty of leisure-time activities for city dwellers.

城市擁有許多景點能夠提供當地居民休閒娛樂。城市擁有許多文化場所，像是藝廊、博物館，在那裡你可以沉浸在藝術、歷史、科學等等之中。除此之外，大多城市都有戲院跟音樂廳，居民可以去那裡觀賞戲劇、音樂劇或演唱會。而在夜晚，城市也有許多地方提供居民社交，例如酒吧、夜店，還有許多餐廳讓居民們可以有多種不同的用餐選項。這些都為城市居民提供了許多休閒活動。

現在，我們就來分析這個段落。

首先，這個段落的主題句指出 A city has many attractions to keep its residents entertained（城市擁有許多景點能夠提供當地居民休閒娛樂），而緊接在這個主題句之後的，就是三句簡短扼要的支持句：

1. Cities have cultural institutions, such as art galleries and museums, where you can experience art, history, science, and more.

   城市擁有許多文化場所，像是藝廊、博物館，在那裡你可以沉浸在藝術、歷史、科學等等之中。

2. In addition, most cities have theaters and concert halls where you can see a play, musical, or concert.

   除此之外，大多城市都有戲院跟音樂廳，居民可以去那裡觀賞戲劇、音樂劇或演唱會。

3. Nightlife options in a city, such as bars and clubs, provide places for people to socialize, and restaurants give people a variety of dining options.

   而在夜晚，城市也有許多地方提供居民社交，例如酒吧、夜店，還有許多餐廳讓居民們可以有多種不同的用餐選項。

上面這三句都用例子的方式，來支持主題句 A city has many attractions to keep its residents entertained.（城市有許多景點可提供居民休閒娛樂）的論點。

在下列問題中請挑出一個，針對該題的提問，請用段落回答。段落內要包含一個主題句跟數句支持句。

1. What was the greatest invention of the twentieth century?
   二十世紀最偉大的發明是什麼？
2. Where is your favorite place to study?
   你最喜歡在哪裡讀書？
3. What is the most important issue facing society today?
   現今社會面臨的最重要的議題是什麼？
4. What is the best way to get around in your city or town?
   在你居住的城市或鎮上怎麼樣移動是最好的？

段落的結論 —— 結論句

寫好段落的開頭主題句，以及段落正文的支持句之後，接下來你就可以用一個句子總括這個段落，為這個段落做總結。而這個句子，我們就稱之結論句。我們用前一小節的例子看結論句：

1. 段落一開頭，就以主題句介紹這個段落的中心論點：A city has many attractions . . .（城市擁有許多景點……）。
2. 緊接著，有幾句支持句提供了主題句例子：cultural institutions、theaters and concert halls、nightlife（文化場所、戲院和音樂廳、夜生活）。
3. 最後，就可以寫一句結論句來概括前面的內容：All of these provide plenty of leisure-time activities for city dwellers（這些都為城市居民提供了許多休閒活動。）

延續上一個習題（66），幫你寫好的段落加上一句結論句。

轉折詞

一個段落裡有多個句子，這時句子之間就需要用**轉折詞**來做連接，讓整個段落的語意邏輯通順。轉折詞依照不同功能有以下幾種種類：
對比詞用來連接兩個不同或相反的概念或意見。

- although 雖然
- however 然而
- on the other hand 另一方面 .
- but 但是
- nevertheless 儘管如此
- while 然而、但是；雖然、儘管

1. Having a new shopping center would be good for the local economy. **However**, it would cause an increase in traffic congestion.
   （新的購物中心可能會對當地經濟有益處，然而，也有可能造成交通更加堵塞。）

2. **While** technology has given us more options for communication, it has also provided criminals with new ways to scam their victims.
   （雖然科技賦予我們更多溝通的方式，它同時也提供罪犯更多管道來欺騙受害者。）

列舉詞用來介紹或說明例子或原因，讓段落架構更清楚。

- as well as 也、還有…
- first, second, etc. 第一、第二、等等
- furthermore 此外
- finally 最後
- for instance 舉例來說
- such as 例如

1. Cities have many attractions to keep their residents entertained. **For instance**, cultural institutions **such as** art galleries and museums give us the opportunity to experience art, history, and science.
   （城市擁有許多景點能夠提供當地居民休閒娛樂，舉例來說，文化場所讓居民有機會能夠接觸藝術、歷史、科技，例如藝廊、博物館。）

2. Nightlife options in a city, **such as** bars and clubs, provide places for people to socialize, and restaurants give people a variety of dining options.
（夜生活的選項有酒吧或是夜店，能夠提供居民社交的場所，還有許多餐廳提供居民各式各樣用餐的選項。）

強調詞顧名思義，用來強調句子。

- certainly 明顯地
- indeed 確實
- in fact 事實上
- more importantly 更重要的是
- moreover 此外
- surely 無疑地

1. Social media opens the door to meeting a wide group of people. **In fact**, some social media platforms allow us to connect with celebrities and other famous people.
（社群軟體讓認識更多人不再是夢。事實上，有些社群軟體平台甚至能讓我們與名人認識、交流。）

2. Indeed, a new shopping center would cause an increase in traffic congestion. **Moreover**, this would lead to increased air pollution.
（確實，蓋一座新的購物中心可能會導致交通更加壅塞，而且還可能導致空氣污染越來越嚴重。）

有些轉折詞的作用，是引導出**結論**。

- as a result 因此
- consequently 因此、所以
- in summary 總而言之、總的來說
- thus 因此、從而

1. **In summary**, technology gives people many more ways to communicate than before.
（總的來說，科技讓人們溝通的方式前所未有地多元。）

2. **As a result**, people can communicate more often, in more places, and to more people than ever before.
（因此，人們可以比以前更常交流、在更多地方互動、與更多人溝通。）

在下方段落內加上轉折詞，以便讓整個段落更加流暢，並在最後寫下一句結論句。

Technology has given us more options for communication. Mobile phones allow people to communicate with others regardless of their physical location. Text messaging provides a way to instantly contact a friend or family member. Social media gives us the opportunity to reach a wide group of people at one time. Platforms such as YouTube make it easy for anyone to broadcast their ideas and opinions to a global audience.

（技術給了我們更多的交流方式。手機讓人們不管身在何處都能夠與他人溝通。訊息讓我們可以即時聯繫朋友或家人。社群媒體讓我們有機會可以一次接觸到廣泛的人群。像 YouTube 這樣的影音平臺使任何人都能很輕鬆地向全世界傳遞他們的想法和意見。）

第 II 部
學以致用

恭喜你！你已經來到了本書的第二部分。接下來，我們將探索如何將我們在本書第一部分當中所學的知識，實際應用在生活中的寫作。不同的寫作形式需要搭配不同的寫作風格。舉例來說，如果你寫訊息給朋友，這時的文字風格可以比較隨興、不正式，可以使用縮寫，使用縮略形式，甚至使用表情符號；然而，如果你寫的是批判性論文，那麼寫作風格就必須比較正式、具有學術性；也就是說，不可使用縮略形式，而且甚至要用更高階的詞彙。

所以在本書的第二部分，我已經準備了各式各樣的主題和情境，包含了商業往來、學術活動、人際互動等等，讓你練習不同風格的英文寫作，從隨興的文字訊息到正式的商業書信或學術論文，應有盡有。在第二部分的最後，我們會一起看看日新月異的科技是如何不斷重塑我們的溝通方式，一起學習現今社會人們互動的語言。

請記住，不論你的想法是多麼棒，如果你不能清楚地表達出來，再棒的想法也只能孤芳自賞。所以，如果能學會第一部分的文法規則並且懂得運用它們，人們理解你的意思的機率就能大大增加。

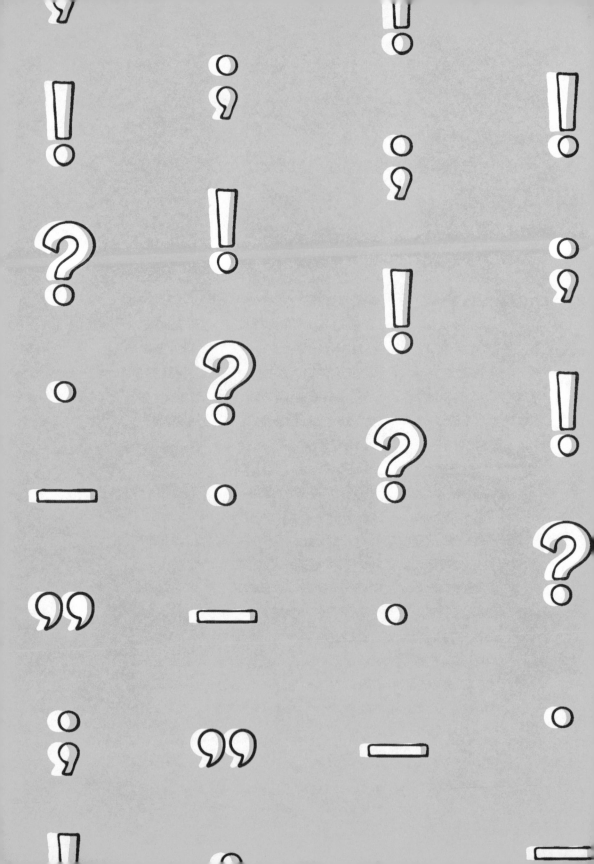

第 11 章

校園

寫論文前需要先做規劃,而且用的文字要比日常生活對話或是網路溝通來得正式。在本章中,我們將學習如何寫大學入學申請論文、托福寫作考試以及學術論文。如果你打算考托福考試,你必須在你的寫作中表現出你能夠清楚表達意思、靈活應用各種詞彙文法;學術論文則是本章討論的文類中最正式的一種。

大學入學申請論文 College Admissions Essays

你的大學入學申請論文會給學校關於你的第一印象，像是你是怎麼樣的一個人，還有你的溝通技巧如何。最常見的兩種大學入學申請論文題目是：（1）告訴我們關於你這個人，也就是自我介紹、（2）你為何想來我們學校，也就是你的報考動機。

關於「自我介紹」這類的題目，學校想要的答案並不是你媽或你鄰居會怎麼介紹你；他們要的不是 she likes strawberry ice cream（她喜歡草莓冰淇淋）也不是 he's very good at sports（他很會運動）。他們想知道的是你這個人跟你打算學習的領域有什麼關聯，所以你可以介紹你的熱情所在、你的興趣、你的經驗、你參加的課外活動等等，並且跟你申請的科系做連結。簡言之，你要寫的是你的故事，以及你是如何一路走來到申請這個科系的。下面是一個對編碼和程式設計有興趣的學生的申請論文開場白：

> Grand Theft Auto was the first game I ever played. Of course, playing the game itself was exciting, but for me, there was something intriguing far beyond Franklin's street smarts. The fact that I was able to navigate in this virtual world with just a controller captured my attention. I became fascinated with the idea of the inner workings behind the scenes, especially the programming languages.
>
> （俠盜獵車手是我玩的第一款遊戲。玩遊戲本身很刺激沒錯，但真正吸引我的不是遊戲中富蘭克林的都市生存能力，而是我竟然能夠用區區遙控器就在這個虛擬世界裡行動自如、翱遊四海。因此，我開始對遊戲的幕後運作感到十分有興趣，特別是程式語言設計。）

接著這位學生就可以介紹她在這方面的相關經驗，像是上程式設計線上課程、在課後參加編碼社團等等。

另一個常見的大學申請論文題目則是：你為何想來我們學校，也就是所謂的「報考動機」。這類題目的目的是讓你說明這所學校的哪部份、哪個特點吸引你來申請，這時光回答 I chose the University of Miami because I want to live in a warm place（我申請邁阿密大學是因為我想要住在暖和的地方）或 Your school has a great basketball team（貴校的籃球隊很厲害）是不夠的，你應該做的是先蒐集資料，確認你申請的學校裡有符合你的人生規劃、職涯目標或是個人興趣的課程或科系；也就是說，這所學校是否能夠幫助你培養你的興趣？如果是的

話，你就應該在報考動機這一題描述這點。下面是報考動機論文的範例：

I've always been interested in broadcasting, so I am seeking a career in radio. When I came across the description of your Voice and Diction course, it opened my eyes to the fact that we can learn to control our accent and pronunciation to better engage with listeners on the air.

（一直以來我都對廣播很有興趣，也一直想要在廣播電台工作，當我看到貴校的課程：唸詞與發音時，它的課程描述讓我大開眼界；原來我們的口音跟發音是可以透過學習控制的，而且可以提升我們與聽眾的互動品質。）

換你小試身手！

從自我介紹跟報考動機中選一個題目，利用你在第十章所學，寫出一個完整的段落（包含主題句、支持句、結論句）。

托福寫作考試：獨立寫作 TOEFL Independent Essays

大多數美國大學都會拿托福測驗當作評判國際學生英文能力的標準。托福測驗的寫作考試有幾種題型，而本小節介紹的獨立寫作，則是托福寫作考試中唯一你能自行決定答案內容的題型，也就是說，這題的分數就全然掌握在你手中。所以，練習寫好托福寫作文章，不僅能幫助你在托福測驗拿到高分，同時還能幫助你準備將來進入大學所須具備的寫作能力。

獨立寫作都會要考生針對某一個題目，陳述他們的意見、想法，題目通常會類似以下例子：

1. Which would you prefer, living in a big city or living in the countryside?
   （你比較喜歡哪一種，住在大城市或是住在鄉下？）

2. Would you support or oppose a movie theater being built in your neighborhood?
   （如果你居住的地方要蓋電影院，你會支持還是反對？）

3. Has technology destroyed communication between friends or family members?
   （科技阻礙了人與親友的溝通嗎？）

在獨立寫作這個題型，你有三十分鐘的時間可以完成你的文章。所以你的時間分配策略可以這樣：五分鐘擬好文章架構，二十分鐘寫完整篇文章，最後五分鐘檢查。本題的評分標準在於：你是否能在文章中完整鋪陳你的論述主題、你的文章組織架構是否良好，以及你的語言能力如何。

一篇好的獨立寫作文章應該具備以下這三個部分：

1. 第一段：開場白。也就是文章的引言、開頭，你需要開門見山地表明你的意見、想法、立場。

2. 第二段到第三或四段（共兩至三段）：正文。你的正文段落要能夠支持你文章的中心主旨——也就是你的意見、想法、立場。

3. 最後一段：結論。把你全文提到的重點重新概述一次。

接下來我們就用這個題目：Which would you prefer, living in a big city or living in the countryside? （你比較喜歡哪一種，住在大城市或是住在鄉下？）來看該如何寫一篇好的文章應具備的那三個部分。

在第一段**開場白**中，你需要做下面兩件事：

1. 首先，用你的話重述一次題目。題目通常會給你兩個選項，這時盡量把每個選項，都使用至少兩句話加以重述。下面是範例：

Some people feel that living in a big city is exciting. Big cities have all of the conveniences of life in one small area. Others may think that life in the countryside is ideal because the air is clean and it is generally quiet.

（有些人覺得生活在大城市很是有趣，而且大城市裡每個小小的街區都具備良好的生活機能。

而有些人認為鄉下生活比較理想，因為空氣乾淨而且多數時候都很安靜。）

在上面這個範例中，我重申了題目，方法是用自己的話把題目中的兩方意見陳述出來，重申題目。

2. 第二件事情，寫下你的**主題論述**（thesis statement）。主題論述就是你所持的意見以及為什麼你秉持那樣的意見；主題論述句將會成為你後續文章內容的基礎。下面是主題論述的範例：

I believe that living in the countryside is preferable to living in a big city. While city life might be more convenient and provides opportunities for enjoyment and recreation, cities can be uncomfortable because of poor air quality, noise, and congestion.

（我認為，住在鄉下還是勝過住在大城市。大城市雖然提供便利性跟娛樂性，同時卻也空氣品質不好、環境吵雜、人潮洶湧，導致生活品質不佳。）

在上面範例中，我表明了我的立場，並且列出了我的三個理由（為何不喜歡住在城市）。

接著，我們來看看怎麼寫**正文**。正文可以有兩到三個段落，每個段落的開頭都是「你在第一段主題論述句提出的理由」。比方説，假設你在第一段主題論述句中寫了三個理由，那麼在正文部分你就可以分為三個段落，每個段落開頭分別陳述理由一、理由二、理由三，並且每個段落至少要有兩句支持句來支撐或延續你的理由及論點。下面是其中一段正文段落的範例：

The air quality in the countryside is much cleaner than that of a big city. With fewer cars and buses in the countryside, exhaust fumes are not an issue. With no factories in the countryside, there is less industrial pollution. Additionally, the abundance of trees and plants in the countryside makes the air fresher and the atmosphere idyllic.

（鄉下的空氣比大都市的空氣品質好多了。在鄉下，車子、公車都比較少，所以沒有排放廢氣的問題。而且鄉下也沒有那些工廠，工業汙染自然較不嚴重。此外，鄉下有許多樹林跟植物，所以空氣清新、風光明媚。）

從上面範例你可以看到，因為我在第一段開場白提出了三個住在鄉村、反對住城市的理由，其中理由一是空氣品質，所以我在第二段——也就是正文的第一個段落——的開頭句就先點明空氣品質這一點，接著再給了幾個例子來支持這一論點。接下來的兩段正文段落也是以同樣的方式寫出：

Since the city is densely populated with people and attractions, it tends to be noisier than the countryside. Sounds of car horns and sirens persist day and night. Building construction and roadwork, as well as commercial traffic in the city, add to the noise. The countryside has few or none of these sources of noise, resulting in a more peaceful atmosphere.

（由於城市人口密集、景點眾多，城市的噪音污染就比鄉下嚴重。在城市，警笛聲二十四小時不停歇，建築工程、道路施工還有繁忙的物流交通都讓噪音問題十分嚴重。相反地，鄉下就比

較沒有城市的那些噪音來源，所以鄉下環境清幽寧靜。）

Finally, big cities attract a lot of people. In addition to the many people living and working in the city, there are usually many tourists. For example, in New York City, neighborhoods such as Times Square are generally crowded with tourists. With fewer residents and workers and hardly any tourists, the countryside is much less congested than a big city.

（最後一點，大城市總是吸引許多人潮。在大城市裡來來往往的人，除了在那裡生活工作的人，通常還有許多遊客。例如在紐約市，時代廣場周遭總是擠滿了觀光客。反之，鄉下的居民比較少，更不用提幾乎沒什麼觀光客，所以鄉下生活起來自然比大城市來的不那麼擁擠。）

寫好正文之後，就可以來到最後一段：**結論**。在這個段落裡，你應該做這兩件事情：

1. 重新表述一次題目跟你的立場、意見。
2. 概述你在正文段落提出的論點、理由。

以下是結論的範例：

While it is true that big cities feature many benefits, in my estimation, the disadvantages significantly outweigh the advantages. Life in the countryside is quieter and more secluded than life in a big city. Furthermore, the clean air and idyllic landscape associated with the country can provide a more enjoyable, healthier way of life. In conclusion, life in the countryside is more desirable than life in a big city.

（沒錯，大城市固然有許多它的優點，但在我的評估下，我認為住在大城市仍然缺點多於優點。鄉下生活比城市生活更加安靜、僻靜。鄉下新鮮的空氣跟美麗的風光又可以讓生活更健康、更舒適。結論來說，鄉下生活比都市生活更令人嚮往。）

換你小試身手！

請在第 171 頁下方的題目當中挑選一個，然後利用你目前所學的文章架構：開場白、正文、結論寫一篇文章。

學術論文 Research Papers

學術論文要求研究能力跟獨立思考能力，以下是寫出漂亮又專業的學術論文的五個步驟：

1. **決定主題**：很多時候你的教授會指定題目，但有時候你也有可能需要自己找題目。如果你選擇的題目範圍太廣，這樣會很難寫，所以要幫題目縮小範圍，這樣才比較好找到你要的文獻資料。

2. **研究、蒐集資料**：網路固然是蒐集資料的好去處，但在圖書館裡，可以從書本、學術期刊或其他刊物裡面找到大量網路上找不到的東西。找到對你有用的的內容後，把那些頁面列印或影印出來，而且切記要有組織地整理留存你蒐集的文獻，畢竟你當然不想在未來看著幾張紙，腦袋裡卻怎麼也想不起來這些是從哪本書印出來的。有組織性地管理好你的資料，你就可以隨時回去資料源頭蒐集更多內容，而且在撰寫論文時也能夠正確引用出處。

3. **篩選資料**：找到足夠的資料後，你就可以將它們一一讀過，並且作筆記或是把你未來會寫進論文的內容標記起來。請記得，你的論文並非只是資料的合集，而是需要你用你的獨立思考能力，把你找到的資料串起來，然後用你的話寫成一個有頭有尾、完整合理的研究論文。所以，你的論文不僅有直接引用自文獻的文字或重點，還會有你的原話，而且你的原話跟引文在比例上應取得良好的平衡。

4. **撰寫大綱**：大綱能夠幫助你整理論文架構。事實上，有些教授甚至會要求學生寫完學術論文後，在遞交的時候一併附上大綱。寫大綱時，先思考一下你的論文可以依照內容分為哪些部分；比方說，如果你的論文題目是美國憲法增修條文第十六條（關於國會徵收所得稅），你的大綱可能會長這樣：

    1. The events leading up to the Sixteenth Amendment
       （美國憲法增修條文第十六條立法之前發生了哪些事件）

       a) The first personal income tax in 1861
       （1861 年第一筆個人所得稅）

b) The farmers' revolt and the presidential election of 1892
（農民反抗與 1892 年美國總統大選）

2. Prosperity at the turn of the century
（世紀交替時的繁榮經濟）

a) The election of Theodore Roosevelt
（老羅斯福當選總統）

b) The graduated income tax
（累進所得稅）

3. William Howard Taft and the new income tax
（塔虎脫總統與新的所得稅政策）

4. How the tax law became an amendment
（稅法如何變成憲法增修條文）

5. **撰寫初稿**：現在你手中有大綱跟整理好的文獻，你就可以開始寫你的學術論文的初稿了。寫學術論文時，你首先應該要寫下你的主題論述（thesis statement）跟一段引言，例子如下：

The road to the Sixteenth Amendment was not paved with silk.
（邁向美國憲法增修條文第十六條的立法之路，並非一路順遂。）

接著，其餘的段落也都必須架構完整，每段都必須包含一個主題句跟例證來支持主題句；你之前蒐集的資料、從中引用的內容就是你的例證。

在論文本文的最後，你應該以一段結論作結，概述你前面提到的論點並寫下你的結語。在論文本文結束後的下一頁，你必須列出你的參考文獻，並依照你的教授或學校要求的格式撰寫，例如 Chicago、MLA、APA 等格式。

想出一個你有興趣的主題，並根據那個主題寫一篇大綱。

按下「傳送」之前
先停、看、聽！

你的學術論文都完成了？先別急著按送出！先確定你有做下列事項再送出你的論文：

- 剛開始寫草稿時就請教授回饋，不要等到都完成了才問教授。
- 確認你的文字沒有問題，例如拼寫、格式、措辭、語氣、引述等。
- 請你的同學或朋友幫你看過你的論文並給你回饋。
- 確保沒有任何抄襲的嫌疑。

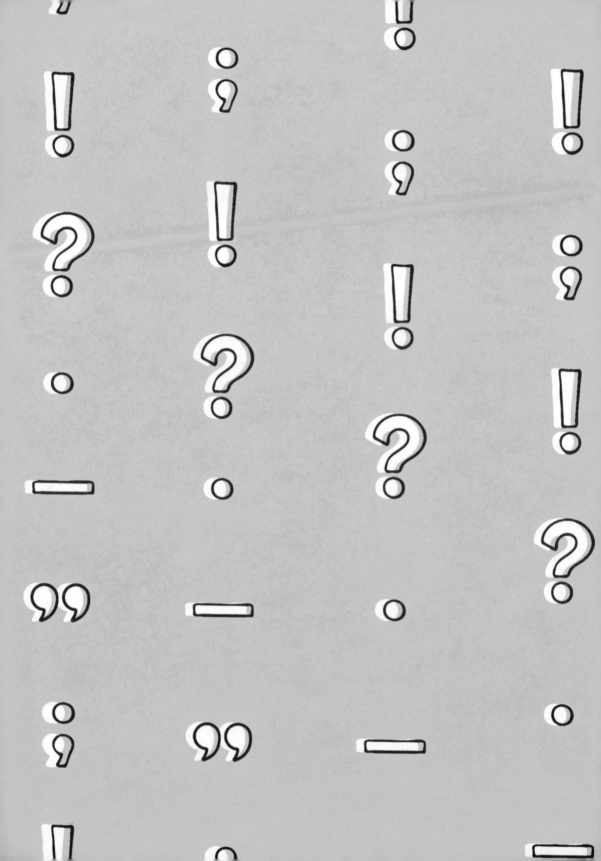

第 12 章

職場

在職場上，溝通的方式可以反映一個人的人格特質。開始工作前，你的履歷跟求職信就會留給別人對你的第一印象；開始工作後，你會發現你常常需要透過電子郵件或是即時通訊與他人溝通，而且還可能需要上台報告、評估員工績效、跟上司協商以達到你想要的結果（如加薪）等等。所以在本章中，我們會一起學習如何撰寫上述這些文件，以及其他常見職場相關的書寫工作，包括會議紀錄、網頁的文字說明以及體面的辭呈。

精進你的履歷 Perfecting Your Résumé

履歷可以有這三種形式：①時間排列型（又稱 C 型履歷；chronological résumé）、②功能型履歷（F 型履歷；functional résumé）、③綜合型履歷（H 型履歷；combination résumé）。

時間排列型履歷（C 型履歷）最適合工作經驗很豐富，或是長期在某個產業服務的人。撰寫這種履歷時，首先要以「倒敘」的順序列出你的工作經歷，也就是說，先寫最新的工作經歷，再一路寫到最久以前的工作經歷。寫完工作經歷後，再按照順序列出你的教育程度、專業技能、專業協會、個人興趣。

功能型履歷（F 型履歷）的內容，主要由你的教育背景、工作經歷、專長技能組成。這種履歷適合工作經驗不多的職場新鮮人，或是在兩份工作間有較長空窗期的人。

綜合型履歷（H 型履歷）綜合了上述兩種履歷的特點。首先你要先說明你的專業技能跟資格，接著寫你的個人成就，最後再以倒敘的方式列出你的工作經歷。

不論你選擇用哪一種履歷形式，你都應該依照下列準則準備你的履歷：

- **準備一份履歷模板。**你的履歷模板應該涵蓋你申請任何工作都會用到的最基本的內容，例如你的教育背景、工作經歷等等。有了這個模板，你就可以以它為基礎，申請不同公司時輕鬆客製化履歷。

- **切忌把一份相同的履歷，投遞到每一家你申請的公司。**世界上不可能有一模一樣的工作內容，所以你的履歷應該根據不同公司、職位客製化。

- **請為每個職位量身打造履歷。**先仔細研究職缺公告跟公司網站的內容再下筆，這麼一來你就可以讓你的履歷內容更加符合對方職缺開出的條件。比方說，如果你曾經有管理專案的經驗，但是你現在應徵的公司的職缺名稱為「專案總監（project leader）」而不是你曾經擔任的「專案經理（project manager）」，這時你應該將你的履歷內容改為「專案總監（project leader）」。又或者是，如果職缺公告裡提到的技能條件是你會的技能，你一定要在你的履歷裡，以一模一樣的用字（與職缺公告一模一樣）提到該技能。

- **描述你的生活經驗如當志工等等。**想想你有哪些跟你應徵的職缺相關的生活經驗。舉例來說，如果你現在應徵的是學術相關工作，而你又曾在你的大學圖書館當過志工，記得把這個經驗寫進你的履歷。又或者是如果你在實習時曾經獲得獎項，也記得把它寫進去。

根據本章節的準則，寫出一份你的履歷。

求職信 Writing a Cover Letter

應徵工作時，求職信的作用是介紹自己，並且也將自己的履歷內容加以說明。用人主管可以透過你的求職信知道你要應徵什麼職位，並且先快速看過你有哪些專業技能跟資格。

一封求職信通常大約由三個段落組成。在第一段引言的部份，直接開門見山地表明你是看到他們的徵才資訊後想要應徵某個職位，記得用字要專業、正式。總之，請確保你的求職信來意清楚簡明，讓用人主管可以一目瞭然。第一段的內容在應徵不同工作時，要依照不同公司職位量身打造。

> I am writing with great enthusiasm in response to the posting on your website for School Director. I possess the following skills and experience that
> I believe are a perfect match for this position.
>
> （我在您的網站上看到您在徵求校長，便帶著我滿腔熱血來應徵校長一職。我相信我擁有的專業技能跟工作經驗正符合這一職位的要求。）

在第二段，開始概述你的相關專業技能跟工作經驗，請將對方徵才資訊裡面提到的關鍵字也寫進第二段，這樣效果會更好。切記，不要為了想一口氣把你所有相關經驗都丟出來，就一句接一句地不換氣寫下去。畢竟這封信會是人家對你的第一印象，一定要言簡意賅，表現出專業的一面。

> I have an MBA in global management and over twenty years of experience in international education, as both a teacher and administrator. Ten of those years have been in various management positions, including work as a school director responsible for a $1 million budget. I am familiar with higher education in the United States, and I enjoy working with students tremendously. I have had extensive

experience teaching adult students from all over the world, both in and out of the classroom.

（我擁有全球管理學的碩士學位，曾任老師跟行政人員，已經在國際教學界耕耘超過二十年。其中有十年的時間我在各種管理崗位上工作，包括擔任校長，負責一百萬美元的預算。我對美國的高等教育體系也非常熟悉，我十分享受被學生圍繞的工作環境，而我教成人學生的經驗也十分豐富，學生來自世界各地，不論校內校外我都曾開課教授。）

在最後一段，放入對方需要知道的資訊。記得在這一段要提到對方公司的名字。

Attached is my résumé for your review. It contains the details of the many skills and experiences I can bring to the table for Acme Education. I have also enclosed a list of three professional references. I live in New York, but I am able and willing to relocate. I would welcome the opportunity to interview for this position. Please feel free to reach out via phone or e-mail. In the meantime, thank you for your time and consideration.

（附檔是我的履歷，歡迎您打開查看。履歷裡詳細描述了我的專業技能跟經驗，相信我擁有的技能跟經驗能為 Acme 教育帶來價值。此外，附檔還有一份清單，內有三個專業推薦人，供您參考。我的居住地雖在紐約，但我能夠、也願意為這份工作搬遷。歡迎您隨時透過手機或電郵聯絡我面試，感謝您撥空閱讀和考慮。）

換你小試身手！

請使用現在完成式寫四到五個句子，使用專業的語氣，描述你的技能跟工作經驗。下面為例句：

- Ten of my years at ABC have been in various management positions.
  （在 ABC 公司工作的日子裡，我有十年的時間擔任許多不同的管理職位。）
- I have had extensive experience working with students from all over the world.
  （我教導來自世界各地的學生的經驗無數。）

- I have enclosed a list of three professional references.
  （我附上一份清單，內有三位專業推薦人。）

職場的電子郵件 Writing a Professional E-mail

隨著簡短訊息的興起，許多語言——包含英文——都變得越來越隨興。可是，不論是 Instagram 上的留言還是朋友間的訊息，那種隨興的書寫方式都不適合在職場上使用。在職場或商務往來上，電子郵件還是越正式越好。專業的商務電子郵件適用以下格式。

電子郵件的主旨

大多數通訊軟體上面的訊息，都不需要輸入主旨。可是在職場上或商業互動，電子郵件還是需要主旨。電子郵件的主旨應該簡單扼要地描述這封信的主題。以下是範例：

寫給用人主管的應徵工作信：

Graphic Designer position—Jared Wilson [the job title and your name]

平面設計師一職——傑洛德·威爾森（這個主旨寫出了你的名字，以及應徵的職缺名稱）

工作面試結束後：

Thank you for meeting with me.

感謝您與我會面

寄給教授你的論文：

US Tax Laws and the Sixteenth Amendment

美國稅法與美國憲法增修條文第十六條（這個主旨寫出了你的論文標題）

給上司的信：

Weekly Sales Report

每週銷售報告

電子郵件的問候詞與結尾用語

每一封專業的電子郵件，都應該包含問候詞跟結尾語。以下是最常見的幾種問候詞跟結尾用語，順序為最正式到最不正式。請特別注意逗號的使用位置。

問候詞

- Dear Mr. Edison, （親愛的愛迪生先生）
- Dear Mr. Thomas Edison, （親愛的湯瑪斯·愛迪生先生）
- Dear Thomas, （親愛的湯瑪斯）
- Hi, Thomas, （嗨，湯瑪斯）

結尾用語

- Kind regards, （親切的問候）
- Regards, （問候）
- Sincerely, （誠摯地）
- Thanks, （感謝）

電子郵件的正文也應該簡潔有力。以下是範例：

電子郵件範例一

Dear Mr. Edison,

Thank you for taking the time to meet with me this morning. I appreciated the opportunity to learn more about the Graphic Designer position. I look forward to hearing from you about moving ahead in the application process.

Sincerely yours, Jared Wilson

親愛的愛迪生先生，

感謝您今早撥空與我見面，很高興能夠得到更多關於平面設計師一職的資訊。我期待收到申請進入下一階段的消息。

誠摯地，

傑洛德·威爾森

電子郵件範例二

Dear Carson,

Please find attached this week's sales report. Let me know if you have any comments or concerns.

Regards, Danielle

親愛的卡爾森，

煩請查看附檔的本週銷售報告，若有任何問題或反饋請告訴我。

向您問好，

丹妮爾

換你小試身手！

下面有四個情境，設想你在那個情境下寫一封電子郵件。電子郵件要包含主旨、問候詞、結尾語跟正文。

1. You are sending your résumé to ABC Company to apply for a sales position.
   （你要投遞你的履歷給 ABC 公司應徵銷售職缺。）

2. You are submitting your research paper to your professor.
   （你要提交你的學術論文給教授。）

3. You are writing to a potential client to set up a meeting.
   （你要寫信給一名潛在客戶，安排與他會面。）

4. You are writing to a coworker to ask about the schedule for a meeting.
   （你要寫信給一位同事，問他某個會議的行程。）

上台報告 Preparing a Presentation

每個人都可能會遇到要上台報告的時候，有時是在學術場域，有時是在商務場合。不論是哪一種環境，報告的基本概念其實都是一樣的。基本上，一次報告就可視為是一堂單獨課程，由講者向聽眾傳達一個概念。

那如何準備報告呢？首先，你要知道你的聽眾是誰。你是要向口試委員介紹你

的學位論文呢？還是你在對潛在客戶進行銷售報告呢？只要知道你的聽眾是誰，你就能明白聽眾想要從你的報告中聽到什麼。

報告應該分為以下三個部分：①歡迎問好、自我介紹、說明報告主題，②重點式報告，③結論。

在報告的第一部分，你應該首先向聽眾問好、介紹自己，然後說明今天報告的主題是什麼。

> Good morning, everyone. I'm Wang Min, and today I would like to introduce you to my company and show you how our graphic design services can help your business grow.
>
> （大家早安，我是王明，今天我要向大家介紹我們的公司，以及我們公司提供的平面設計服務能如何幫助各位擴展事業。）

接下來，以符合邏輯的順序一一介紹你的報告重點。假設你今天的報告是要介紹你的公司，你的報告流程可以像這樣：

> A brief company history → your company's position in its industry → the services or products you offer → how your company's services or products match with your audience, etc.
>
> （簡介公司歷史→你的公司在這個產業的地位→你的公司提供的服務或產品→這些服務或產品如何符合聽眾的需求等等。）

最後來到報告的結尾時，重新概述一次你報告的重點。若時間允許，你可以請聽眾發問或是給你回應。

投影片

上台報告時，有投影片的協助總是好的。以下是做一份好的投影片的訣竅：

- 投影片的每一頁代表一個重點，而且精簡地講。
- 投影片的文字內容應該簡單清楚。盡量以條列的方式列出重點，避免寫完整句子或是長篇大論的段落。
- 確保你的圖示如表格、示意圖、曲線圖等等清晰易讀。
- 確保你的投影片文字字體夠大，大到從房間最後面都看的到。

不論你決定是否搭配投影片，練習報告時最好用小抄或是提示卡。在報告時，你應該侃侃而談，與觀眾保持眼神接觸。

挑選下面其中一個主題，準備一個簡短的上台報告。

1. Introduce your company to a group of college students who may be inter– ested in applying for a job there.
（有一群大學生可能想應徵你們公司，請向他們介紹你的公司。）

2. Introduce your college to a group of high school students who may want to apply there.
（有一群高中生可能想要申請你就讀的大學，請向他們介紹你的學校。）

讚美他人 Providing Praise

在職場上，激勵員工有好幾種方法，其中很重要的一種就是認可員工的表現。如果你要激勵同事，你可以感謝他們的協助，或是稱讚他們的主意很棒；如果你要鼓勵下屬，一點正面的回饋就足夠讓你的員工神采飛揚了，不需要等到公司進行年度績效考核時才表現出你賞識他們、認可他們的重要性。

只要有人表現傑出，你就應該馬上讓他們知道他們表現很好，不論是在會議上表揚還是寫個字條、留個訊息都行。範例如下：

Paola, thanks so much for your effort on the ABC account. The purchasing manager placed an order and said that you were very helpful in helping him make his decision. You're the best! Thanks.

（寶拉，非常感謝你在 ABC 客戶上付出的努力。對方的採購經理已經下了一筆訂單，而且還說你幫了很大的忙。你最棒了！謝謝。）

有時候，有的員工不見得做了什麼大事，但是他每天勤懇認真；想稱讚這樣的員工的話，你可以親自跟他道謝或是留個小字條。

Nasser, I wanted to let you know that I really appreciate the enthusiasm you have when you work. Your positive attitude and attention to detail are a big help here. Keep up the good work.

（納賽爾，我想跟你說我真的很欣賞你對工作的熱情。你態度正面積極又講究細節，真的對我們公司幫助良多。請你繼續保持下去。）

即便你不是主管階級，感謝或讚美幫助過你的同事或上司，總是會讓人高興。

Kai, thanks for backing me up with that difficult customer the other day. I really appreciate it.

（凱，謝謝你那天在那奧客面前為我挺身而出，我真的很感激。）

換你小試身手！

請寫一封簡短的字條感謝下方對象。

1. A new employee who has made their first sale
   （剛完成第一筆交易的新進員工）

2. An employee who completed a project sooner than the deadline
   （在期限之前早早完成專案的員工）

3. A coworker who showed you some Excel shortcuts
   （教你一些 Excel 快捷操作的同事）

要求加薪 Asking for a Raise

如果你進入公司已有一段時間，或是距離上次加薪已經過了一些日子，要求加薪是再合理不過的了，但是關鍵在於何時、如何向你的主管提出要求。非正式的管道（如隨手送出的簡訊）並不適合，但如果你的公司正好在進行年度績效考核，那可能會是協商薪水的好時機。

找到適當時機後，下一步就是弄清楚你的職位值多少薪水。你可以先研究其他在這個產業類似職位的人都賺多少錢，如果你發現你的薪資偏低，協商加薪時你可以拿其他人的薪水當作合理依據。反之，如果你發現你的薪水已經比同行大多數人都還要高，你可以向公司提出增加工作責任、同時提高薪水。

跟你的上司提加薪時，你可以用專業的語氣並提出證據支持你的要求。參見下方例子：

方法一

I'm delighted to be working in the sales department here at ABC Company. Over the past year, I've learned a great deal and have gained valuable skills in sales and presentations. I also believe that my work has contributed to the growth of the company, and I'm particularly proud that I contributed to thirty-three percent of the company's revenue last quarter.

I would appreciate having the opportunity to discuss my salary so that my pay is in line with my work performance.

（我很高興能在 ABC 公司的銷售部門工作。過去幾年裡，我收穫良多、成長了不少，學到了許多關於銷售跟上台報告的寶貴知識。此外，我認為我也為公司帶來成長；令我感到特別驕傲的是，上一季公司收益裡有 33% 是我貢獻的。

我希望能有機會討論我的薪水，讓我的薪資與我的工作表現相稱。）

方法二

Over the past year and a half, I have gladly taken on several new roles, including project leader and new hire trainer. I've handled these responsibilities and their challenges in a professional and enthusiastic manner. All the projects I've been assigned have been successfully completed. As such, I would appreciate the chance to discuss a new salary commensurate with my current responsibilities and performance.

（在過去的一年半內，我很高興能夠在許多新的崗位上服務，這之中包含了專案總監一職跟新進人員的培訓員一職，而隨著這些新的工作責任跟挑戰來臨，我都抱著專業與熱忱的心將它們處理好，因此由我負責的專案也都順利完成。所以，我希望能有機會跟您討論薪資一事，讓我的薪水能與我現在所負的責任、我的工作表現相稱。）

換你小試身手！

想一下你現在的工作，你最近在工作上有達到什麼成就？或是你接下什麼新的責任呢？如果有的話，你會如何拿它們當籌碼跟你的上司談加薪？

辭呈 Providing a Resignation Letter

要結束一段關係總是不容易，但在職場打滾難免就是會遇到這種情形。如果你現在正好打算離開你目前的工作，以下訣竅跟建議可以幫助你辭職時表現得專業又得體。

首先，不論你是否是因為不愉快的事情而辭職，你都不該自斷退路。你該做的是乾脆利落地離開，不傷任何人的感情，畢竟你永遠不知道你哪天會再碰見你的老闆或同事，尤其是如果你工作的圈子很小的話。而且，如果未來有需要，你的前老闆或公司團隊也可以當作你的推薦人。

你的辭呈應該直接寫給你的上司。記得在開頭就表明這封信的來意。

Dear Frank,

I hereby tender my resignation from the position of graphic designer at ABC Company. My last day of work will be June 3, 2020.

（親愛的法蘭克，

我在此信向您提出本人欲辭去 ABC 公司平面設計師一職，我將會工作到 2020 年 6 月 30 日。）

下一步，不論你對這份工作有什麼想法，感謝你的雇主給你的機會，如此可以維持正面的氛圍。

I want you to know that I appreciate all of the opportunities I've had here at ABC. I've learned a great deal from you about graphic design in the marketing industry.

（我想告訴您我非常感謝能夠在 ABC 公司得到這麼多機會。在您身上我學到了許多關於行銷產業的平面設計的知識。）

最後，告訴你的上司你很願意留下詳細的交接筆記給未來交接的同仁。

I would be happy to provide comprehensive notes and/or whatever support you think would be helpful during the transition.

Sincerely yours, Alfred E. Oldman

（我願意在交接的過程中提供詳細的筆記和任何您需要的幫助。

阿佛烈·E·歐德曼 敬上）

選一個你尊敬的對象，想像他為了辭去現在的工作而寫一封辭呈。

會議紀錄 Writing Meeting Minutes

商務會議結束後，通常都會需要寫一份紀錄，也就是所謂的會議紀錄，用來概述會議過程中每個重要的環節。

會議紀錄的正式程度跟內容，依據公司、會議類型而有所不同。像是董事會和其他領導階級的會議紀錄就是最正式的，而小組會議的會議紀錄通常比較不正式。但不論是哪一種，會議紀錄都應該包含會議日期、時間、與會者、會議內容。下面是會議紀錄的樣本：

Acme Widget Co. ←（公司名稱）

June 3, 2020 ←（會議日期）

Opening 會議開始 ←（記錄會議開始時間跟與會者）

The annual board meeting was held at ten o'clock in the morning on June 3, 2022.

Present at the meeting were Ms. Bergman, Mr. Lennon, Mr. McCartney, Ms. Joplin, and Ms. Swift.

（年度董事會會議舉行時間為 2022 年 6 月 3 日上午十點。

出席人員：伯格曼女士、藍儂先生、麥卡尼先生、喬普林女士、絲薇芙特女士。）

Approval of prior minutes and agenda 核准前次會議紀錄及本次會議議程←（通常正式的會議會有這個小節）

The members unanimously approved the minutes of the meeting on May 3, 2020, as well as the agenda for today's meeting.

（對於 2021 年 5 月 3 號的會議紀錄及本次的會議議程，全體與會者表示通過。）

Open items 待決事項 ←（回顧前次會議紀錄，討論問題及後續）

1. Mr. Lennon discussed（藍儂先生討論……）←（概述討論內容）

New items 本次提案 ←（本次會議議程安排好的議題）

1. Ms. Bergman suggested（伯格曼女士建議……）←（概述討論內容）

2. （寫下這個環節的決議）

Additional items 臨時動議 ←（未安排在本次會議議程的新議題）

1. Ms. Joplin proposed （喬普林女士提議……）←（概述討論內容）

（寫下這個環節的決議）

Next meeting agenda 下次會議議程←（記錄下一次會議的主題）

1. （概述討論內容）

2. （概述討論內容）

Adjournment / Closing 休會／會議結束 ←（記錄本次會議結束時間跟下次
會議的日期）

This meeting was adjourned at eleven o'clock in the morning on June 3,
2022. The next board meeting will take place on July 3, 2023, in this office.
Meeting minutes submitted by: Your Name
Meeting minutes approved by: Their Name

（本次會議結束時間：2022 年 6 月 3 日上午 11 點。

下次董事會會議時間地點：2023 年 7 月 3 日，於此辦公室。

會議紀錄提交者：記錄者的名字

會議紀錄審核者：他人的名字）

用前述的會議紀錄樣本，記錄你最近一次參加的會議。如果你沒有參加過任何會議，用歷史上曾舉辦過的會議寫會議紀錄，例如《美國獨立宣言》的簽署會議。

網站的文字說明

一個網站上的文字部分，稱為**文字說明**（copy）。網站的文字說明寫得好不好，除了對瀏覽的人來說很重要，還會左右搜尋引擎的搜尋結果——它會決定搜尋引擎找不找得到你的網站，並將其顯示在搜尋結果中。以下六個原則教你如何寫出最有效的網站文字說明：

1. **知道你的目標群眾是誰。**寫網站的文字說明就跟前面提到的如何準備上台報告是同樣的道理，你必須知道你的潛在讀者是誰、了解他們。你的潛在讀者會決定你的文字說明的風格跟語氣，就像家庭五金公司的網站讀者就跟滑板運動者網站的讀者大相逕庭。
2. **下好標題。**網站內的標題可以用來吸引讀者的目光，讓讀者將專注力放在你想要他們看的地方。好的標題應該要簡潔有力，精準地描述網站內容的重點。
3. **成為專家。**先弄清楚你的公司提供的產品或服務，再將你所知寫進文字裡。
4. **吸引閱讀者。**用主動語態，少用被動語態。此外，你可以考慮用像是與讀者對話的文字風格，並根據你的公司型態、產品種類、網站的類型作調整。
5. **聰明使用關鍵字。**網站文字說明很重要的一個使命是：吸引搜尋引擎的注意，增加你的網站在網路世界的存在感。如果網站文字多為高品質的句子和對某個主題的詳細說明，會比單純放一串關鍵字更容易吸引搜尋引擎的注意。

6. **解決問題、滿足需求。** 大多數在瀏覽網路的人都是有問題想要解決的，而你的網站文字說明正好可以讓那些人看到你的公司提供的服務或產品就是他們要的解答。

換你小試身手！

從你家或是公司選一個物品，寫一到兩段的網站文字說明介紹該物品及其背後的公司，寫的時候記得想想前面學的原則。

按下「傳送」之前
先停、看、聽！

選字不佳可能讓你給人留下不好的印象，這個道理在商務或工作場合更是真切。所以，在你按「送出」之前，記得先檢查你的文字有沒有下列問題：

太過口語或地方性的文字，例如，
This was *literally* the best day of my life.
（那認真是我人生中最棒的一天。）
I was, *like*, so surprised.
（我當時就真的超驚訝的。）

雙重否定。
不斷句或是破碎的句子：
Please don't leave any personal items in the conference room it is not courteous to your colleagues who are using the room after your meeting.
離開會議室時不要留下任何個人物品因為那樣對之後要用會議室的
同事很不禮貌。
On the desk in the conference room where we had the meeting.
在那個我們開會的會議室桌上。

俚語、訊息用的縮寫、表情符號。

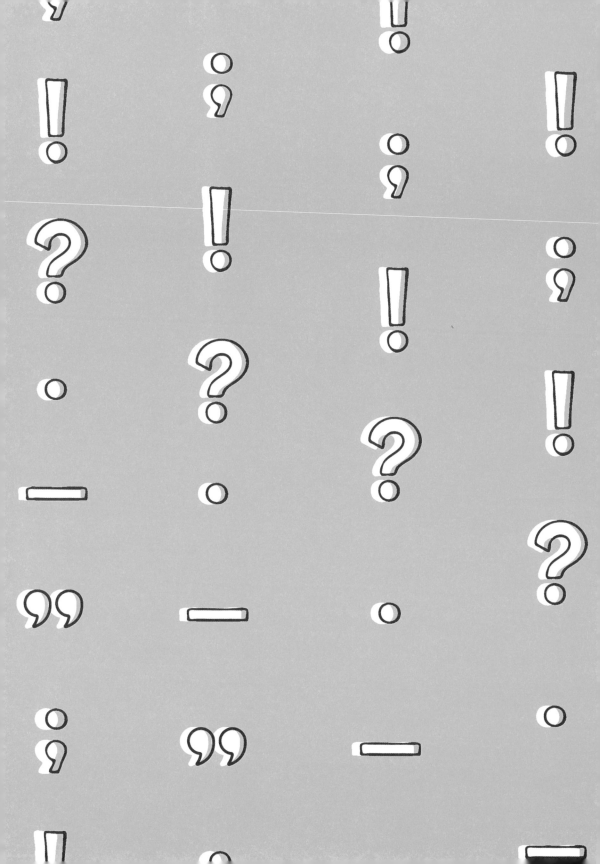

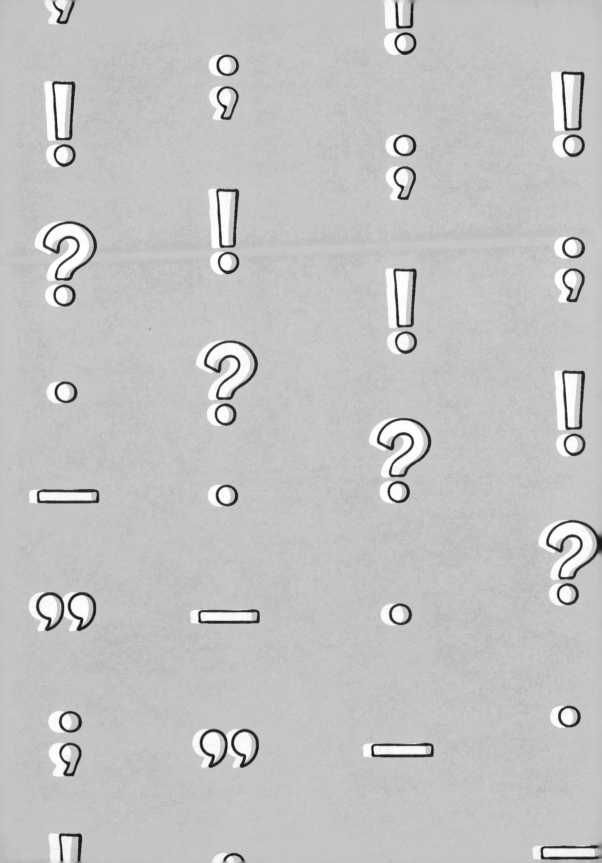

第 13 章

社交活動
Social Situations

在本章中,我們要學習如何在各種不同的社交活動中,得體地運用文字與他人順利溝通。首先,我們會先學習如何書寫邀請函,包含如何邀請他人,如何回應他人的邀請。接著,我們會一起研習如何感謝他人,如何婉辭邀請,以及如何用文字表達愛意。此外,我們還會探索更多不同情境當中可以使用的文字,例如找地方住時會用什麼句子,購物、看醫生時可以說哪些話等等。

邀請函

所有邀請函都應該將資訊羅列清楚，不論你舉辦的是很正式的活動，如婚禮或商業宴會，還是非正式的，如小孩的生日派對。

正式的邀請

較為正式的場合的邀請函，開頭應寫主辦人或主辦方的名字。以下是幾種商務活動邀請函的開頭範例：

- You are cordially invited to attend the Acme Company Dinner Gala.
  （誠邀您參加 Acme 公司的晚宴。）

- The Acme Company invites you to the Dinner Gala.
  （Acme 公司邀請您出席晚宴。）

- Please join the Acme Company for our 10th Annual Dinner Gala.
  （敬請參加 Acme 公司的十週年晚宴。）

婚禮請帖的格式就不一了。較為傳統、正式的婚禮請帖通常會先寫新娘家庭成員和新娘的名字。

Mr. and Mrs. Adam West

Request the honor of your presence at the wedding of their daughter

Kay West

To

Denny Slate

Son of Mr. and Mrs. Larry Slate

（亞當·威斯特夫婦

敬邀您出席他們女兒

凱·威斯特

與

丹尼·史雷

賴瑞·史雷夫婦的兒子

的婚禮）

介紹完兩方家庭後，接著寫婚禮的日期、時間，記得要把數字用英文單字寫出來，而非阿拉伯數字。

Saturday, the Tenth of June
Two Thousand Twenty-Two
At Five O'clock in the Evening
（二零二二年六月十日星期六傍晚五點）

最後，寫下婚禮場地名稱、地址。

The Waldorf Astoria
301 Park Ave, New York City
（華爾道夫酒店
紐約市公園大道 301 號）

比較沒那麼拘謹的場合可以用比較輕鬆的字眼。

Shhhhh! We're having a surprise birthday party for Tomoko! Sunday, March 6, at 6:00 p.m.
Rosie's Trattoria, 35 Main Street, Harrison
RSVP Rosa at 212-555-1212 or rosaz@jmail.com
（噓——！我們要幫智子辦個驚喜生日派對！
日期時間：三月六日星期日晚上六點
地點：蘿西餐館，哈里森市大街 35 號
請回覆蘿莎。電話號碼：212-555-1212 或電子郵件：rosaz@jmail.com）

換你小試身手！

依照上述教學寫一封邀請函。

非正式場合的邀請

英文有許多不同方式，可以輕鬆隨意地邀請他人。

用 would you like to 加原形動詞，等於有禮貌地問別人想不想做什麼（do you want to…）。

1. Would you like to have dinner on Friday night?

（你想不想星期五晚上一起吃飯？）

2. Would you like to go to the park on Sunday?

（你星期天想不想去那座公園？）

類似意思的還有 why don't we 加原形動詞（我們何不……）。

1. Why don't we go to a jazz club tomorrow?

（我們明天何不去爵士俱樂部？）

2. Why don't we go for brunch on Sunday?

（我們星期天何不去吃早午餐？）

你也可以用 I was wondering if 加主格加動詞（我在想……）。

1. I was wondering if you'd like to have dinner with me tomorrow night.

（我在想你願不願意明天晚上跟我一起吃飯。）

2. I was wondering if you'd be interested in seeing a play on Saturday.

（我在想你會不會有興趣想在星期六一起看齣戲。）

如果你跟對方很熟，你可以用 let's 加原形動詞（我們……吧）。

1. Let's go fishing next week.

（我們下星期去釣魚吧。）

2. Let's see if we can get tickets for the baseball game tonight.

（看看我們能不能買到今晚棒球比賽的票。）

換你小試身手！

用前面學的各種邀請寫法，並根據下面題目的情境邀請他人。

1. Invite a friend to a concert on Tuesday.

（邀請朋友星期二一起去看演唱會。）

2. Invite a coworker to play billiards tonight.

（邀請同事今晚打撞球。）

3. Invite a romantic interest to dinner on Saturday.
（邀請心儀的對象星期六一起共進晚餐。）

4. Invite your neighbor to a barbecue.
（邀請你的鄰居一起烤肉。）

接受邀請

根據收到的邀請類型還有你跟邀請人的關係，接受邀請時應採用不同的回應方式。回覆比較正式或是工作相關的活動的邀請時——如工作面試、參加會議、受邀演講等等，或是正式的社交場合時——如婚禮、洗禮、猶太教成人禮等等，用字及語氣應該比較謹慎，而且越早回覆越好。以下是接受邀請的幾種範例：

【工作面試】Thank you very much for arranging an interview on Thursday, June 1, at 10:00 a.m. Our telephone meeting on Tuesday was very informative, and I look forward to meeting with you in person to discuss the position further.
感謝您安排於六月一日星期四早上十點與我面試。我們星期二電話對談提供了我許多有用的資訊。期待與您當面交流更多有關此職缺的細節。

【參加會議】Thank you for considering Acme Digital Services for your website project and for your offer to meet on Friday. I look forward to hearing your thoughts and presenting several ideas that we have in mind.
感謝您考慮讓我們 Acme 數位服務擔任您網站企劃的執行方，我們很高興能夠與您在星期五會面，期待能在那天聽您的想法，並向您報告我們目前構思的數個主意。

【受邀演講】I am honored and delighted to have the opportunity to speak at your sales conference on September 4 at the Jarvis Center. I appreciate being chosen as one of the presenters.
我很榮幸受邀於九月四日於賈維茨會議中心舉辦的銷售會議上演講。能夠被選為講者之一我感到很高興。

【出席婚禮】 Thank you for inviting me to share the joy with your family in celebration of the marriage of Isabel and her fiancé, Fabrizio. It will be my pleasure to join you on this special day.

謝謝你邀請我，與您們闔家一同歡慶伊莎貝爾跟她的未婚夫法布里齊奧結為連理，能夠見證這特別的日子會是我的榮幸！

回覆比較非正式、輕鬆愜意的邀請如口頭邀請或是文字訊息時，你可以用以下的例句回覆。加上一句 thank you 或是 thanks（謝謝）也是不錯的做法。

1. Thanks. That sounds fun. I've never been to a jazz club before.
   （那聽起來很好玩欸，我從來沒去過爵士俱樂部呢。謝啦。）

2. Thank you. That sounds nice.
   （謝謝。這聽起來是個好主意。）

3. I'd love to. Thanks so much.
   （好啊，謝謝你。）

換你小試身手！

接受下列邀請，撰寫一則回覆的文字。

- You were invited to a friend's wedding.
  （你被邀請參加朋友的婚禮。）

- You've been invited to a face-to-face job interview after having a phone interview.
  （電話工作面試結束後，你被邀請參加面對面的面試。）

- Your YouTube channel is very successful, and you've been invited to speak at a media conference for college students.
  （你的 YouTube 頻道經營得非常成功，你被邀請在媒體研討會上對一群大學生演講。）

婉拒邀請

就如同接受邀請，婉拒邀請時也應根據收到的邀請類型還有你跟邀請人的關係而有所調整。一般來說，婉拒邀請時要表示你感到很惋惜，也要說明為什麼你不能應邀赴約。不過婉拒工作面試時，則無須說明理由。以下是有禮貌地拒絕

他人邀請的範例：

工作面試。除非你拒絕面試的理由是你已經接下另一份工作，不然拒絕工作面試邀請時一般不需要說明理由。

> Thank you very much for offering to meet me for an interview for the position. I regret to inform you that at this time, I have to decline the opportunity. I sincerely appreciate your time and consideration.

（感謝您願意讓我面試這個職位，然而很遺憾的是我必須婉拒您的面試提議。衷心感謝的時間和考慮。）

參加會議。謝絕他人提議的會議時間時，你應盡可能提供他們替代方案。

> Thank you for considering Acme Media for your upcoming project and your offer to meet this week. I'm afraid that our team will be unable to meet at this time. I anticipate being available at the end of April. Please let me know if that would be acceptable for your needs.

（感謝您考慮請我們 Acme 媒體負責你們的企劃並邀約這個星期開會，然而我們團隊這星期恐怕無法與您見面。我預估我們四月末時間上可以，麻煩您回覆告知是否能接受這樣的安排。）

受邀演講。如果你不能應邀開講，你可以推薦對方一位能勝任的講者。

> Thank you for the invitation to speak at your sales conference on September 4. I regret to inform you that I have another commitment that week. You may wish to reach out to my colleague Brad Evans, who is a successful sales manager and engaging speaker.

（感謝您邀請我在九月四日的銷售會議上演講，然而很遺憾的是我當週已另有安排。您可以考慮聯繫我的同事布萊德·伊凡，他是一位成就非凡的銷售經理，而且也善於演講。）

出席婚禮。即便你不能參加婚禮，那麼送份禮物以表你對新人的關心，也不失為一個得體的作法。

> Thank you for inviting me to share the joy with your daughter Isabel and her fiancé, Fabrizio. Regrettably, I will be away on business that weekend. I'm sorry I can't be there to celebrate with you.

（謝謝你邀請我分享伊莎貝爾跟法布里齊奧結婚的喜悅，然而很遺憾的是，我那個週末正好要

出差。很抱歉屆時不能到場與你們共襄盛舉。）

以下範例適用於婉拒他人非正式的邀請：

1. That sounds great, but I have other plans this weekend.
   （聽起來很讚，但我這個週末有事。）

2. Thanks a lot, but I am going skiing on Friday.
   （謝謝你的邀請，但我星期五要去滑雪。）

3. Sounds great. Thanks, but I have a huge exam on Monday, and I need to spend the weekend studying.
   （聽起來很不錯欸，謝啦。但因為我星期一有個重要的考試所以我整個週末都要讀書。）

4. I wish I could, but I've been invited to my cousin's graduation on Sunday.
   （我是想跟你去，但我已經受邀星期天去參加我表妹的畢業典禮了。）

換你小試身手！

寫一段訊息，回絕下列邀請。

1. You were invited to a wedding of someone you are not very close with.
   （你獲邀參加某個你不怎麼熟的人的婚禮。）

2. You've been invited to a job interview.
   （你被邀請參加工作面試。）

3. A classmate or coworker invited you to a beach party.
   （你的同事或同學邀請你參加沙灘派對。）

4. You have been invited to speak at a sales conference.
   （你被邀請到銷售會議上演講。）

感謝信

受邀參加完一個活動後，最好要向主辦方或是東道主表達感謝。同樣地，感謝信的書寫方式，也會因為邀請類型還有你跟邀請人的關係，而有所不同。以下是感謝信的幾種寫法：

工作面試

工作面試結束後，盡快寫一封電子郵件表達感謝。如此可以向面試官展現你非常在乎這個職缺，同時又表現出你這個人做人有原則。

Dear Yelena, Thank you for taking the time to meet with me this afternoon. I gained a great deal of insight from our discussion, and I'm excited about the prospect of joining your team. I look forward to hearing from you.

（親愛的葉連娜，感謝你今天下午撥空與我會面，在我們的對談中我得到了許多新的見解，期待能夠成為貴團隊的一員。在此靜候您的消息。）

會議

Dear Kazu, Thank you and your team for meeting with me today. I feel the meeting was productive and insightful. I understand that you need to discuss our proposal with Mr. Zimper, after which time I look forward to the opportunity to move forward with our plans.

（親愛的和津，感謝您和您的團隊今天與我會面，會議的成效很好而且讓我們眼界更寬闊。我明白您需要與齊佩爾先生討論我們的提案，希望之後能有機會與您更進一步討論我們的企劃。）

受邀演講

Dear Mr. Lusscroft, Thank you for inviting me to speak at your workshop.
I enjoyed the positive energy in the room and the questions from your staff. I'd be happy to hear any feedback, and I look forward to speaking at a future event at Acme Media.

（親愛的拉斯克羅夫特先生，感謝您邀請我在研討會上演講。我很享受研討會上的良好氣氛，

貴公司員工提出的問題也都很好。如果您有任何意見歡迎告訴我。期待能再次到 Acme 媒體演說。）

出席婚禮

Dear Franz and Gretchen, Thank you so much for the chance to celebrate Mina and Hank's special day. What a lovely affair it was. Clair and I had a wonderful time, and we wish the newlyweds a lifetime of happiness and joy.（親愛的弗朗茲跟格雷琴，感謝你讓我們有機會幫米娜跟漢克一起慶祝這特別的一天。真是多麼美好的一件事啊。我跟克萊兒度過了很愉快的時光。希望這對新人一輩子幸福快樂。）

非正式的活動結束後，你可以這樣表達感謝：

1. Thanks a bunch for last night. I had a great time.
   （多謝你，我昨晚過得很愉快。）
2. Thanks a lot for dinner yesterday. It was amazing.
   （謝謝你昨天和我一起吃晚餐，真的很棒。）

換你小試身手！

為下列情境寫感謝信。

1. Thank a friend who took you to Sunday brunch.
   （感謝朋友星期天帶你去吃早午餐。）
2. Send a thank-you to a recruiter who set up a job interview for you.
   （感謝招聘人員替你安排了工作面試。）
3. Thank the buyer who arranged a sales meeting for you.
   （感謝買家幫你安排了銷售會議。）
4. Send thanks to the parents of the bride who invited you to a wedding.
   （感謝新娘的父母邀請你參加婚禮。）

情書

在情人節前後，只要走進店裡就可以看到架上擺滿了賀卡，內容都已經印好了。但是，真正的手寫情書就像照片一樣，會隨著時間成為珍貴的回憶。所以，你可以買一張卡片，在上面寫下你的愛意，或者是寫一封信表達你的感情。不論你選擇哪種方式，你都可以這樣寫情書：

首先問候收信人。例如 My dearest Kate（我最親愛的凱特）或是 To my true love, Andrei（致我的真愛，安德烈）。

接著說明你為何寫這封信，例如：As we celebrate our second Valentine's Day together, I wanted to share the strength of my feelings for you（正值我們歡慶共度第二個情人節之時，我想告訴你我對你的愛是多麼地濃郁）或是 For our first anniversary together, I wanted you to know just how much you really mean to me（我們在一起一年了，我想告訴你，你對我來說意義是何等的重大）。

然後向對方傾訴你對他的感受，例如：There's something special about your smile that makes my heart skip a beat（每每看到你那獨特的笑靨，我的心跳總是漏一拍）。

最後，描述你的愛，例如：I've never thought that my love for someone could grow as strong and as deep as it has for you（遇到你之前，我從來沒想過我可以愛一個人愛得如此深厚）。

信末，留下特別的署名，例如：Yours for eternity, Martín（永遠是你的，馬丁）或是 Forever yours, Joomin（永遠屬於你，朱敏）。

換你小試身手！

如果你有那麼一位心上人或是重要的另一半，寫封情書給他吧。好好想想你對他的感受，找到能傳達那種感受的字詞並用你的話寫出來。忍住，不要引用電影台詞或是歌詞。

租房

現在該學學一些關於租房的單字啦！在美國，公寓的種類是依照臥房的數量來分類的。例如 **studio**（單房公寓、套房）指的是只有一間房間跟一間衛浴的公寓，房間就等於你的臥房跟客廳，有的會附帶單獨小廚房。而 **one-bedroom apartment**（一房一廳）同樣有一間臥房跟一間衛浴，但還有分隔開的客廳跟廚房。選擇公寓時除了房型，公共設施或設備如洗衣機、烘衣機、洗碗機等等也都可能是你考慮的因素。

租房時，大多數房東會要求你簽署 **lease**（租約），租約裡明確說明租期的規定跟條款，內容可能還會要求你付 **deposit**（訂金、押金）。訂金由房客搬入時支付給房東，搬出時若房屋無任何損壞，房東會退還訂金。此外，租約還會詳細記錄租金金額、繳納期限等等其他約定。租約用的是正式用語。

回覆出租廣告時，先留意對方要求的資訊，例如你的名字、年齡、是否有寵物、可以搬入的日期等等。第一印象很重要，所以去信時記得文字友善真誠同時專業有禮；也就是說，縮略形式和比較輕鬆的字眼是可以接受的，但如果標點符號亂用、沒有在開頭和結尾適時問候，可能會造成對方對你印象不好。

換你小試身手！

1. 假裝你現在要找一個公寓，哪四件事對你來說最重要？（例如房租金額、地點、房間大小、基礎設施等等）並根據你的答案寫一封電子郵件洽詢某間出租公寓。
2. 假裝你是你現在住的地方的房東而你現在要將它租出去，寫一段簡短的話描述這個公寓，內容包含它的大小、基礎設施、租金、位置等等。

消費購物

接下來這個小節，我們來看消費購物時有哪些好用的單字跟片語。

Macy's was **having a sale** yesterday, so I went there after work. It seemed like almost everything was **on sale**. I found a nice sweater that I liked. It was **on sale**, too. Usually $125, it was **50% off**! I just had to have it! The

clerk said that the sweater was a final sale, so I cannot return it. Final sale means the store won't give **refunds**, and you can't **exchange** or **return** what you buy, so choose carefully!

梅西百貨昨天有促銷活動，所以我下班後去了那裡。看起來幾乎所有東西都在特價，我找到一件漂亮毛衣我很喜歡，也是特價；原價要 125 美元，但現在打五折！我鐵定要買的啊！店員說這件毛衣是最後一波促販了，所以售出不退貨。最後促販意思是顧客不能換貨或退貨，店家也不會退款，所以要慎選！

我們一起看看上一段出現的消費購物關鍵字。

1. 你可以說 Stores have a sale 或是 there is a sale at that store，意思是商店正在舉行特價活動。sale（特價）的時候店裡的商品會以較低的價格出售。

• Macy's is having a sale today.（梅西百貨今天有特價活動。）

• There is a sale at the Gap today.（蓋璞今天在特價。）

2. 如果你說 Items are on sale（某物正在打折／特價），意思是商品的價格比平常更低。

• I bought this dress on sale.（我在特價的時候買了這件洋裝。）

• Everything is on sale on Black Friday.（黑色星期五時所有東西都在打折。）

3. 如果要說折扣多少，我們通常會用減去的百分比表示，例如五折就是 50% off、八折就是 20% off，以此類推。

• This sweater was 50% off today.（這件毛衣今天打五折。）

• I bought these shoes for 30% off!（我在七折的時候買了這雙鞋子！）

4. 在百貨公司或是服飾店服務的工作人員稱為 sales clerk 或是 clerk（店員）；店員除了結帳，還會幫助你購物。而在超市、雜貨店、便利商店等地方收銀的人員稱為 cashier（收銀員），收銀員只會在結帳櫃檯結帳，並不負責幫助顧客消費購物。

• The clerk in Macy's was very helpful.（梅西百貨的那位店員提供很多幫助。）

• The cashiers in that drug store are not so nice.（那間藥局的收銀員不怎麼友善。）

5. 如果你買了某個商品不怎麼滿意，或許你想要 return（退還）商品。return（退還）的意思是把商品帶回去原店家。

- I want to return this sweater. It is too big.（我想要退還這件毛衣。它太大件了。）
- Can I return this if my husband doesn't like it?（如果我老公不喜歡，可以退貨嗎？）

6. 如果你買了某個東西後發現尺寸或顏色買錯了，你應該會想要 exchange（換）貨。exchange（換）意思是把原商品換成另一個商品。

- I exchanged my sweater for a larger size.（我把我的毛衣換成大一點的尺寸。）
- Can I exchange this for a blue one?（我可以把這個換成藍色的嗎？）

7. 如果你 return（退還）了商品，店家就會 refund（退款）給你。refund（退款）可以當作動詞跟名詞。

- I would like to return this sweater. Is it possible to get a refund?（我想要退這件毛衣。我能拿回我的錢嗎？）
- This is a final sale, so we cannot refund your money.（這是最終銷售的商品，所以我們無法給您退款。）

換你小試身手！

在空格內填入正確的單字或片語。

1. Abercrombie is having ＿＿＿＿＿ this week. a sale/on sale/for sale
   （Abercrombie 這週正在⋯⋯）

2. Apple products, like the iPad, are never ＿＿＿＿＿. a sale/on sale/for sale
   （蘋果產品如 iPad 從來沒有⋯⋯）

3. Do you like my boots? They were ＿＿＿＿＿ at Shoe World. a sale/30% off/50% on sale
   （你喜歡我的靴子嗎？這雙靴子在 Shoe World⋯⋯）

4. The ＿＿＿＿＿ at Macy's was very helpful. She found my size for me. cashier/clerk/staff
   （梅西百貨的那名⋯⋯對我幫助很大，她幫我找到了我要的尺寸。）

5. I wish there were more _____ at this grocery store. The lines are so long. cashiers/clerks/staffs
（真希望這雜貨店裡有更多……不然結帳隊伍總是很長。）

6. I can't _____ this blue T-shirt because I lost the receipt. return/refund/exchange
（我沒辦法……這件藍色 T 恤因為我弄丟了我的收據。）

7. I will try to _____ this blue T-shirt for a red one. I hope they have one. return/refund/exchange
（我會試看看能不能把這件藍色 T 恤……紅色的，希望他們還有庫存。）

8. The clerk told me I need to have the receipt in order to get _____ . return/refund/exchange
（店員告訴我要想拿到……必須要有收據。）

預約看診

在美國，每個人通常會有固定看診的 **family doctor**（家庭醫師）或是 **primary care doctor**（基層醫療醫師），看診的地點可以是 clinic（診所；門診），也可以是 doctor's office（診所；診間、醫生辦公室）。若是在 clinic 裡面，通常會有幾位醫生在同一個大空間，而 **doctor's office** 則通常只有一位醫生跟護理人員。至於 hospital（醫院）會有很多位醫生與很多病床，提供有需要的患者過夜照護，而 clinic 和 doctor's office 則無法提供這樣的治療。

根據每個人的健康保險內容不同，有的保險可能規定你在看 **specialist**（專科醫生）之前要先經過基層醫療醫師的 **referral**（轉診）。specialist 指的是專門治療某分科疾病的醫生，例如 dermatologist（皮膚科醫生）、cardiologist（心臟病科醫師）等等。

在非緊急狀況如感冒、皮膚長疹子、體檢等等，我們一般會去 clinic（診所；門診）或是 doctor's office（診所；診間、醫生辦公室）看醫生；而在緊急狀況或是需要某些醫療處理如手術時，我們會去 hospital（醫院）。

看醫生這個動作，你可以說 go to the doctor 或 see the doctor（看醫生）。

- I **went to the doctor** yesterday for a checkup.
  （我昨天去給醫生做體檢。）

- I had a bad cold, so I decided to **see the doctor**.
  （我感冒很嚴重，所以我決定去看醫生。）

- I **went to the hospital** last week for surgery.
  （我上星期去醫院做手術。）

到醫生辦公室、診間、門診或是診所之前，你必須先做 appointment（預約）。
你可以說 schedule a doctor's appointment to see the doctor（預約某醫生看診）。預約完成的話，你就可以說你 have an appointment（有個預約），或是
you are going to see the doctor（你將會去給那位醫生看診）。

- I **made a doctor's appointment** for April 3.
  （我預約了四月三日看診。）

- I **have a doctor's appointment** at three o 'clock this afternoon.
  （我預約今天下午三點看診。）

- I'd like to **see the doctor** about pain in my back. When is she next available?
  （我想預約醫生看診治療我的背痛，請問醫生何時有空？）

狀況緊急時，你需要 go to the emergency room in a hospital（去醫院的急診室），去急診室就醫時就不需要預約。人有緊急或重大狀況時，就會自行前往
或被救護車送往醫院的 emergency room（急診室）。

- I **went to the emergency room** after I fell off the ladder.
  （我從梯子上摔下來後就去了急診。）

- I feel dizzy. I think I should **go to the emergency room**.
  （我頭好暈。我覺得我應該去急診室。）

- The ambulance **took Li Min to the emergency room**.
  （救護車把李敏送往急診室。）

到了急診室後，如果醫生認為你的情況嚴重或是需要更進一步的治療時，你可
能會 be admitted to the hospital（收治、住院治療）。

- I **was admitted to the hospital** for testing after the accident.

  （意外發生後，我被送入醫院作進一步檢查。）

- **Assad is in the hospital** for an operation.

  （阿塞德因為手術需要住院。）

換你小試身手！

利用我們在前面幾頁學到的單字，選出正確答案。

1. Where would you go if you cut your finger badly while cooking?

   （如果你煮飯時不小心嚴重割傷你的手，你應該前往哪裡？）

   a) a clinic

   b) a hospital

   c) a doctor's office

2. Who would you most likely make an appointment to see if you caught the flu?

   （如果你得到流感，你最可能預約哪裡看診？）

   a) a specialist

   b) your primary care doctor

   c) the doctor at a hospital

3. You need to make an appointment at this place.

   （去哪裡看診時必須事先預約？）

   a) the hospital

   b) the emergency room

   c) the doctor's office

4. Which of these places probably has beds where you can stay overnight?

   （下列地方中，哪個可能有病床供病患過夜？）

   a) the clinic

   b) the doctor's office

   c) the hospital

描述病情、症狀

接下來，我們來看看描述身體狀況時可以用哪些單字片語。首先，描述你哪裡不舒服或是有什麼感覺時，你可以用**動詞 have + 名詞**，例如 I have a cold（我感冒了）、she has a stomachache（她肚子痛），或是**動詞 feel + 形容詞**，例如 I feel nauseous（我覺得噁心）、she feels sick（她感覺不舒服）。

Sick 是形容詞，前面要加 be 動詞。

- **I'm sick**, so I'm going to stay home from work.
  （我生病了，我要待在家不上班。）

- Minh **is sick** today, so he's not going to school.
  （明生病了，所以他今天不上學。）

- Priya **was sick** all weekend, but she's better now.
  （普里雅整個週末都不舒服，不過她現在好些了。）

另外，你也可以說 I became sick（我生病了）、I got sick（我生病了）或是 I feel sick（我覺得不舒服）。

Cold（感冒）、bug（病菌導致的輕微的病）、virus（病毒；病毒導致的病）都是名詞，用來描述生某種病，這些名詞前面用動詞 have。

- I **have a cold**.
  （我感冒了。）

- Giulia **had a bug** last week, so she didn't go into work.
  （朱麗亞上星期生病了，所以她沒有上班。）

- Thom **had a virus** all weekend, but he's better now.
  （托姆病了整個週末，但他現在好些了。）

我們說 catch a bug 時，意思是「生病」，所以你也可以說 catch a virus（病毒感染導致的生病）、catch a cold（感冒），也都是描述生病了。

- I **caught a bug**, so I'm staying home from work.
  （我生病了，我要待在家不上班。）

- Juana **caught a virus** last week, so she didn't go to school.
  （胡安娜上星期生病了，所以她沒去學校。）

- If you don't wash your hands, you might **catch a cold**.
  （不洗手的話可能會感冒。）

而描述症狀或健康狀況時，會用動詞 have 加名詞。

- I **have** a runny nose. I **have** a headache. I **have** a sore throat. I **have** a cough.
  （我流鼻水。我頭痛。我喉嚨痛。我咳嗽。）

- Kimlee **has** the flu.
  （金利得了流感。）

- Mari found out she has high blood pressure.
  （瑪麗發現她有高血壓。）

在英文中，吃藥的「吃」是 take，可以是吃 pills（膠囊；藥丸；藥片）、tablets（藥片）或是 liquids（液體）。

- Yasmin **took** aspirin for her headache.
  （雅斯敏頭痛所以服用了阿斯匹靈。）

- I **take** vitamins every morning.
  （我每天早上都會吃維他命。）

- The doctor said to **take** one dose of cough medicine twice a day.
  （醫生說每天服用兩次止咳糖漿，每次一劑。）

換你小試身手！

根據前面學的單字片語選出最佳的答案。

1. I (am / caught / have) sick. I think I should go to the doctor.
   （我生病了，我想我應該去看醫生。）

2. Ian said he (has cold / is cold / has a cold) so he won't be in the office today.
   （伊恩說她感冒了所以他今天不會到辦公室工作。）

3. I (am / caught / have) a bad headache. I'm going to leave work early.
   （我頭很痛，我今天會早點下班。）

4. The doctor told me to (have / take / drink) two tablets twice a day.
   （醫生叫我一天吃兩次藥，每次兩顆。）

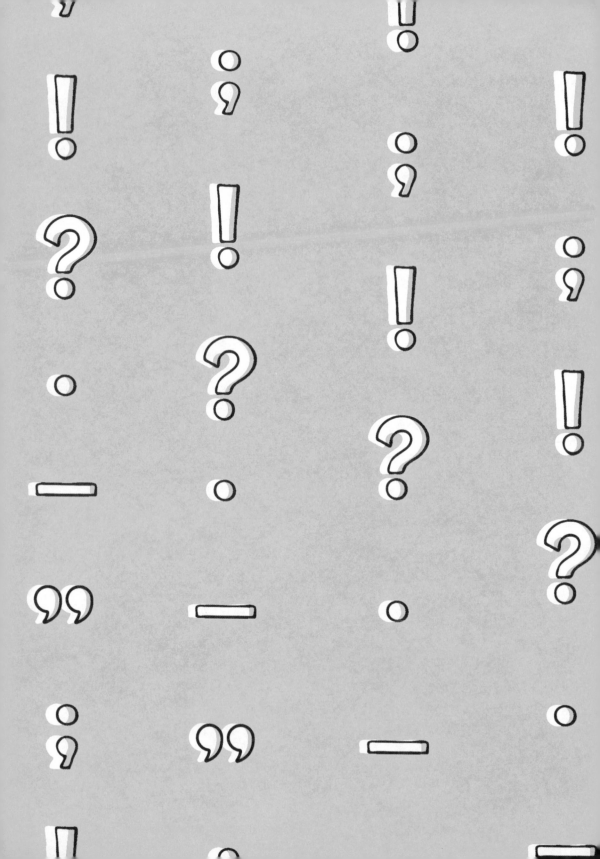

第 14 章

文字創作

創意寫作（creative writing）能夠讓你磨練不同領域的英文寫作。創意寫作分為多種文類，其中一種為批判性論文（critical essay）；透過批判性論文，你可以跟讀者分享你對某個作品的觀點。不論是在大學課堂，還是經營專門的部落格，你都可能會需要寫批判性論文。練習寫批判性論文，你就能接觸到更多其他領域的寫作，如傳記、詩、小說、甚至是文化研究等等。

批判性論文

批判性論文旨在解讀或分析他人作品,包含電影、文學、音樂、藝術等。撰寫批判性論文時,作者必須向讀者介紹評論的作品內容,並講述自己對該作品的觀點與分析。假設今天是學校課堂要求你針對某部作品寫出一篇批判性論文,通常論文題目會請你分析該作品的寫作手法或是其內的某個議題。比方說,你們現在正在讀愛倫・坡的〈烏鴉〉一詩,教授可能會要你針對這首詩中愛倫・坡使用的象徵手法,撰寫一篇批判性論文;此時,你的用字必須專業正式,具有學術性,而且你必須引述評論的文本來支持你的分析、觀點。又或者,假設你今天是為了某部落格或網站寫某部電影的批判性論文,你可以選擇較為輕鬆的主題來分析該電影,並用較日常的文字書寫,讓任何人都讀得懂你的文章。接下來就來看如何寫批判性論文吧!

引言

引言就該開門見山介紹本文評論的作品的主要概念,並提出你的主題論述(thesis statement)。主題論述就是你的論點,而你必須在接下來的文章裡,根據你的論點去分析作品,還要找出證據支持你的理論。以下是引言的範例:

> In Diary of a Wimpy Kid, author Jeff Kinney takes readers on an exploration of the trials and tribulations of life as a middle schooler. Through the author's use of naturalistic language, readers can more aptly feel the characters' emotions and make an authentic connection with the protagonist, Greg Heffley.
>
> 在《葛瑞的囧日記》中,作者傑夫・肯尼帶領讀者探索中學生會遇到的各種麻煩事。作者使用自然主義的敘事手法,使讀者能夠更深刻地體會角色的情緒,並跟書中主角——葛瑞・赫夫雷——產生真切的連結。

作品摘要

接著,在摘要部分必須概述評論的作品內容,而且你挑的重點必須跟你的主題論述有關。記得,摘要請寫得簡單明瞭、精簡就好。以下是範例:

> This novel is structured around the diary entries of Greg, a twelve-year-old boy who has just started middle school. As his story unfolds, readers are introduced to a number of impactful secondary characters, including his parents; his terroristic older brother, Rodrick; and his best friend, Rowley. The book begins with the first day of middle school and includes various moments from Greg's daily life and interactions with everyone around him.

本書主角葛瑞是個剛入中學的十二歲男孩，而這本小説就由他的日記構成。隨著葛瑞寫下一篇篇日記，讀者也跟著認識了葛瑞身邊重要的人，包含他的父母、他可怕的哥哥羅德里克，以及他最好的朋友榮利。這本書從葛瑞進入中學的第一天揭開序幕，描述接下來日子的點滴與他和他人的互動。

評價與分析

寫完作品摘要後，你就可以向讀者介紹你的論點了。若你寫的是評論文章（critique），你還可以分析該作品的優點跟可惜之處。以下是範例：

> One major theme is Greg's desire to be more popular. The author does a thorough job of letting the reader know this desire from the very beginning of the book, where Greg mentions he is "around 52nd or 53rd most popular this year."

《葛瑞的囧日記》其中一個重要的主題是葛瑞想變得更受歡迎。作者從書的一開始就點明葛瑞想受歡迎的慾望；在開頭，葛瑞提到他是「這個年級第 52、53 受歡迎的人」。

（如果你寫的論文強調你對作品的分析，你可以在此重述你的主題論述，以支持你的論點。）

結論

最後來到結論。在批判性論文的結論中，你應該重述一次你的主題論述，並簡單概述前面提到的重點，再次支持你的論述。

> Through the perspective of Greg Heffley, the reader gets an in-depth look at life after elementary school. Greg tries hard to improve his popularity in his day-to-day dealings. While we never get to see how his rank changes, we are left reminded that life at this age is filled with unexpected challenges and emotions.

藉由葛瑞・赫夫雷的自述，讀者得以深入了解中學生活。主角葛瑞在每天與人的來往中努力地讓自己更受歡迎。儘管作者沒有明確告訴讀者究竟葛瑞的受歡迎程度有無增減，讀者仍舊深刻體會到：中學生活總是充滿了未知的挑戰跟喜怒哀樂。

換你小試身手！

請你想出一個題目，寫出一篇批判性論文的引言段落。在引言段落中，請陳述你的主題論述，並介紹你會從什麼角度探討你的主題論述。寫的時候，記得要想想你的讀者是誰、這篇文章將會用於什麼用途，再決定你的用字。

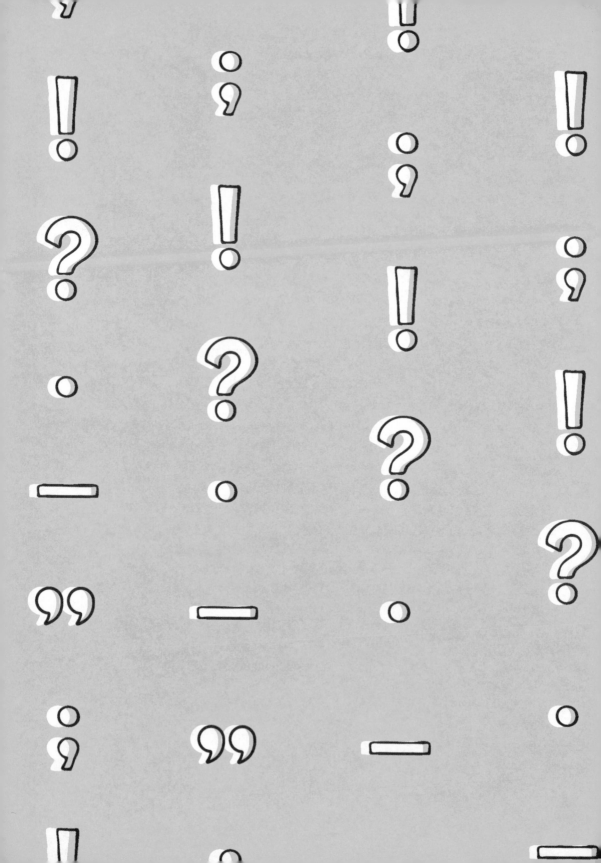

第 15 章

數位時代

從古至今科技便日新月異，而隨著科技不斷快速發展，語言也跟著持續演化。因此，要掌握一門語言，就必須了解語言與科技的關係。語言不會一成不變，好比五十年前人們說的單字跟俚語，在今日聽來就年代感十足，又或者你只會在黑白電影裡才能聽到人們打招呼時說 How do you do? 所以，在接下來這一章，我們會一起探索英文的演變，看看訊息如何改變我們的語言，以及你該如何適應現代社會的英文使用方式。

科技與語言的演進

自古以來，科技發展造就了許多新的單字，也賦予了舊有的字新的意義。現在若你想要搜尋某個資訊，你會説 **google** it（用 Google 搜尋引擎搜尋；上網查找）；當你傳訊息給你的姊姊，你會説 **text** your sister（傳訊息給你姊姊）；上班寫電子郵件給客戶時，你會説 **email** your customers（寄電子郵件給客戶）；下班後，你還可能 **tweet**（發佈推特）或 **snap** your friends（發送 Snapchat 給朋友）。

除了上述新創的字，科技也改變了舊有的字，或賦予了它們新的意思。例如，**friend** 除了原有的意思「朋友」之外，現在還可以當作動詞，意思是「加某人為好友」，與它相反的則為 **unfriend**，意思是「從好友名單刪除某人」。所以你可以説 You friend and unfriend people on social media（你在社交平台上加了好友和刪了好友）。而 **cloud** 除了原有的意思「雲」之外，現在還可以做為「網路雲端」。至於 **cookie**，本來只有「餅乾」的意思，現在還可以代表「造訪網站時留下的檔案」。**feed** 做為名詞時，除了「動物飼料」，現在更多時候意思是「社交平台上的動態、資訊」。**tag** 的意思從本來的「標籤」增加為「在照片中標記某人」。

不過，科技改變的不僅僅是單字。牛津大學出版社在 2015 年的一項研究顯示，**hashtag** 這個字以及它代表的符號 「#」 已經成為時下十三歲以下的孩子在現實生活中使用的新字。一開始，人們只在推特上發文時用 # 來標記關鍵字，到後來演變成任何人在日常生活中都可以用 #（hashtag）來讓文字更有戲劇張力。

此外，網路迷因也是造就新的用字跟文法的一大推手。例如迷因裡被嚇到的狗會説 doing me a frighten（嚇到我了），這句話就屬於典型的狗狗迷因語言——doggolingo（狗語）。嚴格來説，doing me a frighten 並不符合文法規則，但是放在梗圖裡當作一隻被嚇到的狗狗會説的話，聽起來就非常合理。

最後，不能忽略的還有最近越來越多的首字母縮略字或著縮寫，像是 LOL (laughing out loud)（大笑、覺得好笑）、NVM (never mind)（沒關係）、LMK (let me know)（讓我知道）、IDK (I don't know)（我不知道）等等。使用不同的科技產品會讓單字、文法展現不一樣的面貌，但不論是哪種科技產品，我們能肯定的是語言、科技、網路社群會持續互相影響。

列出前面沒有提過的五個因科技而誕生的新字或是因科技而改變意思的字，並將它們用在一個句子裡。造句時記得要想想它們新的意思跟使用的情境。

關於傳訊息……

傳簡訊（text messaging 或 texting）對語言影響深遠，你可以用非正式、口語、簡短的方式書寫簡訊。事實上，比起書寫，簡訊更像是在說話，這是因為人們通常用簡訊來即時溝通，因此內容自然也像是面對面時會說的話。

簡訊和即時訊息讓首字母縮略字和表情符號更為盛行。在智慧型手機問世之前，首字母縮略字已經讓我們傳簡訊時可以表達更有效率，當時常見的首字母縮略字有：BRB（be right back 我馬上回來）、BTW（by the way 順道一提）、OFC（of course 當然）等等。除此之外，用標點符號形成的顏文字也廣為流傳，像是 :) 代表笑臉，而 ;) 代表眨眼，至於 :* 則代表一個吻。隨著行動通信越來越進步，圖片或表情符號漸漸取代了顏文字。

簡訊用的語言也自成新的文法。根據約翰·麥克沃特於 2013 年的一場 TED 演講，LOL（laughing out loud）這個首字母縮略字在簡訊中已經成為了一種話語標記（discourse marker），類似 uh-huh（嗯哼）、well（嗯）、you know（你懂的）。舉例來說：

> **Omar:** Do you wanna grab dinner after work?
> （歐瑪：下班後要不要一起吃晚餐？）
>
> **Rick:** LOL I'm working until 10 p.m.
> （瑞克：笑死，我下班都晚上十點了。）

在上面這個例子中，瑞克並非因為要工作到十點而在笑（雖然他的確可能邊工作邊無奈、疲憊地笑），在這裡他的 LOL 意思等同於 ah（啊）、well（呃）或 no can do（不行）。這樣的用法甚至出現在口語英文中！

將下面首字母縮略字或是表情符號的句子用英文單字還原。

CYL8R （之後見。）

LMK. TTYL. （再跟我説吧。晚點再聊。）

🙏 for the ☕（謝謝你請我喝茶。）

The 🏠 here is 🔥（這裡的披薩很厲害。）

如何適應數位時代的溝通方式

透過數位產品溝通讓人們面臨了更多的機會跟挑戰。現今，比起面對面交談或是透過電話聯繫，人們更多時候使用簡訊或即時訊息聯絡。此外，社交平台也提供了人們嶄新的溝通方式，我們可以透過照片、影片、文字與他人分享。在現在這個數位時代，我們不再受限於身處何處，隨時都能與他人社交、工作，而這也意味著我們使用語言的方式、看待語言的角度也將大受影響。

然而，在某些場合還是應避免使用這種現代溝通方式，其中一個就是商務場合。傳簡訊時或許可以用簡短、不符文法規則的文字，但在商務活動中使用這樣的文字，通常效果堪憂。當然，每個產業對這樣文字的接受度不盡相同，但是基本上，在商務場合中人們預期見到的文字是較傳統、正式的，跟客戶溝通時更是如此。假設今天是感謝客戶下了一筆十萬美金的訂單，TY（thank you 謝謝的縮略字）就顯得不甚妥當，甚至還會被認為是在侮辱客戶。所以簡而言之，在職場上，使用數位產品溝通時最好用正式的文字，不要用表情符號，也不要為了省時而用首字母縮略字。

在全球化的環境下從事商業活動，意味著與來自四面八方、身處世界各地的人們溝通的需求越來越多。儘管英文是業界的國際語言，並非所有人都知曉英文的細微差異。所以，對使用的語言有高度的自我意識的話，你溝通時就能更有效率，特別是跨國的商業活動時。不論你説的是何種語言，避免使用外國同事可能不懂的慣用語或口語話的詞彙。

不須墨守成規

我的學生和英文學習者常常告訴我他們會聽見或讀到各式各樣的英文,而且有些英文似乎不符合任何規則。他們說的一點也沒錯,事實上,很多時候溝通時你不需要遵守任何規則。

> **Mia:** Hey!
>
> **Caden:** What's up?
>
> **Mia:** Hungry?
>
> **Caden:** LOL totally
>
> **Mia:** Pizza?
>
> **Caden:** Awesome
>
> **Mia:** Cool. Let's go
>
> (米亞:嘿!
>
> 卡登:怎麼了?
>
> 米亞:餓了嗎?
>
> 卡登:哈哈超餓
>
> 米亞:披薩嗎?
>
> 卡登:讚唷
>
> 米亞:酷喔,我們走吧)

不論是口語對話還是書面交流,你都可能像上面這個例子一樣溝通,這就牽涉到情境(context)。不論是什麼語言,「情境」都是最重要的概念,決定了人們如何使用語言;只要情境許可,稍稍改變甚至是打破規則都是可以的。根據情境的不同,語言的彈性程度也有所不同。像是應徵工作或是跟教授請求延後交作業時,用的文字勢必比回覆朋友邀約時更加符合文法規則。原則上,越正式的場合用到的字跟文法會越多,舉例來說:

> Thank you so much for studying here with me. I really appreciate it.
> (十分謝謝你跟我在這裡一起讀書,我感激不盡。)

> Thanks for studying here with me. I appreciate it.
> (謝謝你跟我在這裡一起讀書,我感激不盡。)

> Thanks for studying here. I appreciate it.
> (謝謝你跟我讀書,我感激不盡。)

Thanks for studying.

（謝謝你跟我讀書。）

Thanks a lot.

（謝謝。）

寫就對了！

現在，終於來到書的最後。那接下來呢？我的建議是：每天寫點什麼。你可能
又會問：「但我該寫什麼？」你可以每天寫記事、寫日記、經營部落格、或是
日常溝通時多用英文。不論哪種方式，只要你越常用英文，你就能夠看到你的
信心跟能力不斷增長。這就是你的最後一項作業；繼續努力、繼續學習。記
住，犯錯能讓你成長。

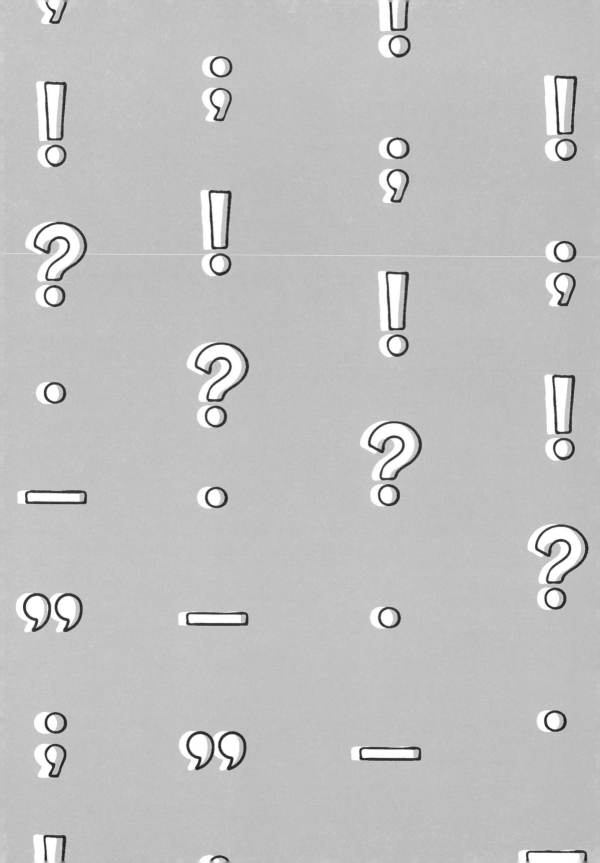

不規則動詞三態變化表

以下是常見的**不規則動詞**的現在式、過去式、過去分詞三態變化：

例句：

Let's begin the meeting. 現在開始會議吧

The meeting began at 9:00 a.m. 會議在早上九點開始

Don't enter the room after the meeting has begun. 不要等到會議都開始了才進來會議室。

- arise…arose…arisen 起床；發生
- awake…awoke…awoken（使）喚醒；（使）領悟
- be…was, were…been 是
- bear…bore…borne 忍受；帶有；負荷；生（小孩）、結（果實）
- beat…beat…beaten 打敗；打、擊；跳動、敲打；攪拌
- become…became…become 成為
- begin…began…begun 開始；以…開頭
- bend…bent…bent（使）彎曲；彎腰
- bet…bet…bet 打賭
- bite…bit…bitten 咬；叮咬
- bleed…bled…bled 流血
- blow…blew…blown 吹；吹奏；炸毀

- creep…crept…crept 潛行
- cut…cut…cut 剪、砍；割傷；打斷；減少；刪除
- deal…dealt…dealt 應付；做生意
- dig…dug…dug 挖（土、洞）；搜尋
- do…did…done 做；表現
- draw…drew…drawn 畫；吸引（注意）；抽（牌、籤）；拔出；平手、戰平
- drink…drank…drunk 喝；喝酒
- drive…drove…driven 開（車）；驅趕
- eat…ate…eaten 吃
- fall…fell…fallen 掉落；跌倒；降低
- feed…fed…fed 餵養
- feel…felt…felt 感受到；認為；摸起來

- grow…grew…grown 成長、增加；栽培；變得
- hang…hung…hung 懸、掛、吊；絞死；懸浮（於空中）
- have…had…had 擁有；吃；完成式的助動詞；引起、使；生育
- hear…heard…heard 聽到；聽說
- hide…hid…hidden 躲藏、把…藏起來；遮蓋；掩飾（情緒）；隱瞞
- hit…hit…hit 打、擊；碰撞；忽然意識到；達到、實現
- hold…held…held 握住、拿著；舉辦；支撐；容納；等待
- hurt…hurt…hurt 感到疼痛；弄傷、傷害
- keep…kept…kept 保持、繼續（做）；保留；飼養
- kneel…knelt…knelt 跪（下）

- break…broke…broken 打破；弄壞；違反；分解
- breed…bred…bred 飼養；（動物）繁殖；致使
- bring…brought …brought 帶來；導致
- build…built…built 建造
- burn…burned…burned （使）燒毀；燃燒；（使）燙傷
- burst…burst…burst （使）爆炸；迫切
- buy…bought…bought 購買；相信
- catch…caught…caught 抓住；撞見；染（病）；搭乘（大眾運輸）；著火
- choose…chose… chosen 選擇
- cling…clung…clung 依附、抱緊
- come…came…come 來、到來；抵達
- cost…cost…cost 花費；使付出代價
- read…read…read 閱讀、讀懂；朗讀；寫的是
- ride…rode…ridden 騎（機車、腳踏車、馬等等）、搭乘
- ring…rang…rung（使鐘聲、鈴聲）響起
- rise…rose…risen 上升、升起；起身；起床；聳立
- run…ran…run 跑；（使）運行；經營；（使）流動；參選
- say…said…said 說、表達；顯示出；據說

- fight…fought…fought 戰鬥；打架；與…鬥爭；吵架
- find…found…found 找到；認為；發現
- fly…flew…flown 飛；駕駛（飛機）、乘（飛機）；飄揚
- forbid…forbade… forbidden 禁止
- forget…forgot… forgotten 忘記
- forgive…forgave… forgiven 原諒
- freeze…froze…frozen （使）凍結；僵住
- get…got…got 得到、買；到達；變得；移動；理解
- give…gave…given 給予
- go…went…gone 去、走；通向；變成；運轉；發生
- grind…ground…ground 磨碎；磨利；磨光
- sing…sang…sung 唱（歌）
- sink…sank…sunk（使）沉沒、（使）陷入；落下、降低
- sit…sat…sat（使）坐下；閒置；坐落於
- sleep…slept…slept 睡覺
- slide…slid…slid（使）滑動、（使）滑行；下滑、衰落
- smell…smelt…smelled 聞；聞出、聞到；聞起來
- speak…spoke…spoken 說話；演講

- know…knew…known 知道；認識；辨認出
- lay…laid…laid 放置；計畫；產（卵）
- lead…led…led 導致；領導；（在比賽中）領先；通向；過（生活）
- leave…left…left 離開；遺忘、留下
- lent…lent…lent 借出
- lie (recline)…lay…lain 躺；位於
- lie…lied…lied 說謊
- light…lit…lit 點燃；照亮
- lose…lost…lost 輸掉；失去；遺失
- make…made…made 做、製做；使、導致；強迫…做；賺得；到達
- mean…meant…meant 意思是、意味著
- meet…met…met 碰面；（與…）初次見面；遇到；達到；連接
- overtake…overtook… overtaken（數量上／程度上）大於；超過；意外發生在…
- pay…paid…paid 支付；給…薪水；給予
- put…put…put 放置；表達；使…處於某種狀態
- swim…swam…swum 游泳；（頭）發暈
- swing…swung…swung 搖擺、擺動；改變、變化
- take…took…taken 拿、取；接受；握住、拿著；帶（某人）去（某地）；搭乘（交通工具）；花費（時間）；服用（藥物）；（以某種方式）思考（某事）

- see…saw…seen 看見；明白；拜訪、探望；看待、認為
- sell…sold…sold 賣出；說服
- send…sent…sent 發送、寄出
- set…set…set 放置；以…為背景；使…處於某狀態；設立；設定
- shake…shook…shaken 搖動、抖動；發抖、打顫；使震驚
- shed…shed…shed 使脫落、使掉落
- shine…shone…shone 發亮、照耀；擦亮；表現出眾
- shoot…shot…shot 開槍、射箭、射傷、射殺；射門；拍照、拍攝
- show…showed…shown 出示、顯示；解釋、說明；證明；表現、表達
- shrink…shrank…shrunk （使）縮小
- shut…shut…shut （使）關閉；（使）停止運作或營業

- spend…spent…spent 花費（金錢或時間）
- spread…spread…spread （使）散播、（使）蔓延
- stand…stood…stood （使）站立；（使）處於某狀態；忍受
- steal…stole…stolen 偷；偷偷做
- stick…stuck…stuck 黏住、固定住；（把某尖銳物）刺進、戳進
- sting…stung…stung 叮、螫；引起或感到刺痛
- stink…stank…stunk 發出惡臭
- strike…struck…struck 罷工；突襲、重創；撞擊、攻擊、打；給某人…的感覺
- swear…swore…sworn 發誓；講粗話、詛咒
- sweep…swept…swept 打掃；（快速地）移動、橫掃；迅速蔓延

- teach…taught…taught 教、教授
- tear…tore…torn （被）撕開、（被）撕裂
- tell…told…told 講述、告訴；分辨；顯示
- think…thought…thought 相信、覺得、思考、考慮
- throw…threw…thrown 丟、扔；舉辦（派對）；發（脾氣）
- understand…understood…understood 理解；得知
- wake…woke…woken 醒來；叫醒
- wear…wore…worn 穿、戴（服飾）；磨損、磨破
- win…won…won 贏；贏得
- wind…wound…wound 繞、使捲繞；給…上發條；（道路、河川）蜿蜒
- write…wrote…written 寫、寫信；創作、寫作

易錯拼寫表

以下是常常拼錯的字詞：

1. a lot 大量、許多；非常、經常
2. accept 接受、同意（動詞）/ except 除…之外（連接詞、介系詞）
3. advice 建議、意見（名詞）/ advise 勸告、給…建議（動詞）
4. clothes 衣服 / cloths 布料
5. desert 沙漠 / dessert 甜點
6. effect 效果、影響（名詞）/ affect 影響（動詞）
7. every day 每一天（時間副詞）/everyday 日常的、普通的（形容詞）
8. its 牠 / 它的（it 的所有格）/ it's 牠 / 它是（it is 的縮寫形式）
9. lose 輸、失去（動詞）/ loose 鬆的、不嚴謹的（形容詞）
10. quite 完全地、徹底地（副詞）/ quiet 安靜的（形容詞）
11. their 他們的（人稱代名詞 they 的所有格）/ they're 他們是（they are 的縮寫形式）/ 那裡（地方副詞）
12. then 當時、然後、那麼（副詞）/ than 比…（連接詞、介系詞）
13. your 你（們）的（人稱代名詞 you 的所有格）/ you're 你（們）是（you are 的縮寫形式）

同形異義字 Homonyms 在此指的是一個字有兩種以上意思，或可說是同一種拼寫，卻有兩種以上意思。

1. address（名詞）地址 /（動詞）致詞
2. arm（名詞）手臂 /（動詞）武裝；提供
3. back（名詞）背部 /（動詞）支持
4. bat（名詞）蝙蝠 /（動詞）擊球
5. book（名詞）書 /（動詞）預約
6. can（名詞）罐、筒 /（動詞）可以做
7. chip（名詞）洋芋片、薯條（英國用法）/（動詞）（使）碎掉、打破
8. down（名詞）羽絨 /（介系詞）朝下
9. express（形容詞）快速的 /（動詞）表達
10. fall（名詞）秋季 /（動詞）掉落
11. fine（名詞）罰金 /（動詞）處…以罰金
12. foot（名詞）足部 /（名詞）英尺
13. grave（名詞）墳墓 /（形容詞）嚴重的
14. hide（名詞）獸皮 /（動詞）躲藏
15. junk（名詞）垃圾、廢棄物 /（動詞）丟棄
16. kid（名詞）小孩 /（動詞）開玩笑
17. park（名詞）公園 /（動詞）停車
18. row（名詞）一排、一行、一列 /（動詞）划（船）
19. sink（名詞）水槽 /（動詞）沉沒；落下
20. trip（名詞）短途旅程 /（動詞）絆倒

詞性表

句子可由以下九種**詞性** parts of speech 組成，好好認識這些詞性，你就比較不會寫錯句子。

形容詞	形容詞用來形容名詞或代名詞。	這隻毛茸茸的小貓從牠疲憊的主人身上得到安慰。
副詞	副詞用來修飾形容詞或動詞，可以表達一件事或動作如何進行、何時進行、或是在哪裡進行。	我媽一一細數著昨天活動的每個環節，娓娓道來活動上發生的所有事情。
冠詞	冠詞可以表示一名詞為特定（用定冠詞 the）或非特定的（用不定冠詞 a 或 an）。	給我一顆蘋果，我要把它跟雞肉、洋蔥一起燉煮。
連接詞	連接詞用來連接字、片語，或是概念，讓語意清楚有邏輯。	我們吃了蛋糕和冰淇淋，但是沒有淋巧克力醬，也沒有加鮮奶油。
感歎詞	因為某種情緒或是緊急狀況而發出的叫聲。	喔！嘿！你忘了你的作文。
名詞	名詞指的是人、地點、東西或是概念。	吉姆與他的兒子一起坐在地上觀察石頭下的昆蟲。
介系詞	介系詞將名詞或代名詞與其它字連接。	在我帶著我的電腦站上講台後，艾莉把作文交給我。
代名詞	代名詞用來代替名詞或是名詞片語。	他們的教授一瞇起眼睛，他們馬上就意識到他們犯下的錯誤。
動詞	動詞用來表示各種不同形式的動作。	完成我的作文後，我馬上就跳上吧檯好好慶祝一番！

以下例句標示出每個字的詞性：

She［代名詞］saw［動詞］the［冠詞］extent［名詞］of［介系詞］the［冠詞］errors［名詞］in［介系詞］John's［名詞］writing［名詞］, and［連接詞］immediately［副詞］chose［動詞］not［否定詞］to［介系詞］date［動詞］him［代名詞］. Wow!［感歎詞］
（她看到約翰的寫作有那樣多的錯誤後，馬上就決定不與他約會了。哇喔！）

詞彙表

以下是這本書會提到的一些文法專有名詞或片語。學會這些基本的詞彙，你就能適時地用正確的語言來解釋文法。

- **首字母縮略字** acronym：當一個組織名稱超過兩個字，將其每個單字的第一個字母合起來，便為該組織的首字母縮略字。
- **動作動詞** active verebs：動詞的一種，用來表示執行某種動作。
- **主動語態** active voice：主動語態的句型中，主詞會緊接著動詞。
- **形容詞** adjective：一種詞性，用來修飾名詞，描寫其特徵。
- **形容詞子句** adjective clauses，又稱**關係子句** relative clause：以關係代名詞開頭的一種子句。
- **副詞** adverb：一種詞性，用來修飾動詞、形容詞或是副詞。
- **副詞子句** adverb clause：以從屬連接詞開頭的一種子句。
- **完成度副詞** adverbs of completeness：副詞的一種，用來表示一件事的完成程度。
- **定性頻率副詞** adverbs of definite frequency：副詞的一種，用來明確地表示一件事的發生頻率。
- **不定性頻率副詞** adverbs of indefinite frequency：副詞的一種，同樣用來表示一件事的發生頻率，但較為主觀、不明確。
- **情狀副詞** adverbs of manner：副詞的一種，用來形容一件事情如何發生。
- **地方副詞** adverbs of place：副詞的一種，用來表明地點或方向。
- **時間副詞** adverbs of time：副詞的一種，用來表明一件事持續多久，或是多常發生。
- **同位語** appositive：一種修飾名詞的片語。
- **冠詞** articles：一種詞性，冠詞可表示一名詞為特定或非特定的。
- **定語形容詞** attributive adjectives：形容詞的一種，放在名詞前修飾名詞，可表明其大小、顏色、材質等特質。
- **助動詞** auxiliary verb ：動詞的一種，用來協助動詞。
- **原形動詞** base：動詞最原始的狀態，亦即不定詞 to 之後的動詞。
- **大寫** capitalization：英文字母有區分大小寫。
- **子句** clause：子句包含一個主詞跟動詞，但尚未形成完整語意。
- **普通名詞** common nouns：名詞的一種，可指不特定的人、東西或地點。
- **比較級** comparative form：形容詞的一種形式，比較兩個以上名詞時會使用形容詞比較級。
- **複雜句** complex sentence：句子的一種，複句包含了一個獨立子句，以及一個或多個從屬子句。
- **複合名詞** compound noun：名詞的一種，由兩個以上名詞組合而成。
- **複合句** conpound sentence：句子的一種，合句由兩個獨立子句組合而成。
- **複合詞** compound word：當一個詞由兩個以上的字組合而成，稱之為複合詞。

- **結論** conclusion：作文、書信等文類的結尾部分或總結，稱之為結論。
- **條件句** conditional：句子的一種，開頭為 if（如果、假如）或 unless（除非），用來表達條件。
- **連接詞** conjunction：一種詞性，可用來連接兩個句子。
- **對比詞** contrast words：對比詞可用來表示兩個或兩個以上的名詞擁有相反或不同的特質。
- **文字說明** copy：網站中的文字部分，或是廣告文宣。
- **可數名詞** countable noun：名詞的一種，指該名詞的數量可以被明確計算出來。
- **懸垂修飾語** dangling modifiers：當一個字或片語不直接連接其修飾的字詞時，稱之為懸垂修飾語。
- **定冠詞** definite article ：即 the，其後面接的名詞有特指對象。
- **指示代名詞** demonstrative pronoun：代名詞的一種，用來代指特定對象。
- **從屬子句** dependent clause：子句的一種，可以為前面的名詞補充資訊。
- **限定詞** determiner：限定詞放在名詞之前，可以幫助釐清該名詞所指的對象為何。
- **強調副詞** emphasis adverbs：副詞的一種，可以強調其修飾的字。
- **強調** emphasis：特別著重某事物。
- **列舉詞** example words：列舉詞可介紹或將重點轉移至後面接著的東西。
- **第一人稱** first person：在寫作或口說時，代名詞為 I（我）時，稱之為第一人稱。
- **焦點副詞** focus adverbs：副詞的一種，可將焦點集中在某字或片語上。
- **動名詞** gerund：動詞加 ing 可形成動名詞，其詞性會變成名詞。
- **不定冠詞** indefinite article：即 a 或 an，其後面接的名詞沒有特指對象。
- **獨立子句** independent clause：子句的一種，有一個主詞跟動詞，句子語意完整。
- **不定詞** infinitive：介系詞 to 加原形動詞，即為不定詞。
- **不及物動詞** intransitive verb：動詞的一種，其後面不直接連接受詞。
- **會議紀錄** meeting minutes：商業會議的正式書面紀錄。
- **錯置片語** misplaced phrases：片語的一種，指該片語離其修飾的字詞太遠。
- **情態助動詞** modal verb：助動詞的一種，用來表達必要性或可能性。
- **修飾語** modifier：修飾語可以是字或片語，用來修飾後面接的字詞。
- **名詞** noun：一種詞性，名詞用來指人、事、時、地、物。
- **名詞子句** noun clause：以疑問詞開頭的一種子句。
- **分詞** participle：動詞的一種形式，以 ed 或 ing 結尾。
- **被動語態** passive voice：被動語態的句子強調某動作造成的結果。
- **過去分詞** past participle verb：動詞的一種形式，完成式助動詞 have 或是 be 動詞等等的後面可使用過去分詞。
- **複數名詞** plural noun：名詞以複數名詞形式表示該人、事、時、地、物的數量大於一。
- **所有格** possessive：名詞或代名詞的所有格可以用來表示所有權。
- **所有格形容詞** possessive adjectives：形容詞的一種，在名詞前面加上所有格形容詞，可以指出誰擁有該名詞。
- **名詞的所有格** possessive noun：名詞加 's 可形成名詞的所有格，用來表示所有權。
- **表語形容詞** predicative adjectives：形容詞的一種，放在動詞後面修飾句子的主詞。
- **介系詞** preposition：一種詞性，放在名詞前面可表示方向、位置或時間順序。
- **介系詞片語** prepositional phrase：片語的一種，由介系詞—限定詞—名詞的順序組成。

- **可能性副詞** probability adverbs：副詞的一種，用來表示語氣的肯定程度。
- **代名詞** pronoun：一種詞性，用來代替名詞。
- **專有名詞** proper nouns：名詞的一種，即特定人物或地點等的專用名字。
- **標點符號** punctuation：讓句義更清楚的一種符號。
- **數量詞** quantifier：數量詞可以是字或片語，用來表示一名詞的數量多寡。
- **關係副詞** relative adverb：即出現在關係子句句型裡的 when（時間）、 where（地點）、why（原因），關係副詞可連接子句。
- **關係代名詞** relative pronoun：即出現在關係子句句型裡的 who（人）、which（事物）、that（人事物）、whom（人的受格）、whose（人事物的所有格），關係代名詞後面接從屬子句。
- **單數名詞** singular noun：名詞以單數名詞形式表示該人、事、時、地、物的數量為一。
- **分離不定詞** split infinitive：當不定詞片語中間放了一個字（通常為副詞），即為分離不定詞。
- **靜態動詞** stative verb：動詞的一種，用來表示一種狀態。
- **最高級形容詞** superlative adjectives：形容詞的一種，可以表示某特性達到上限或下限。
- **最高級** superlative form：形容詞的一種形式，可以表示某特性達到上限或下限。
- **第三人稱** third person：在寫作或口說中，代名詞為 he（他）、she（她）或 it（它、牠）時，稱之為第三人稱。
- **主題句** topic sentence：主題句亦可稱為論點，即每個段落的中心概念。
- **及物動詞** transitive verb：動詞的一種，直接連接受詞。
- **不可數名詞** uncountable noun：名詞的一種，通常為抽象的事物。
- **動詞** verb：一種詞性，可用來表達動作或狀態。

1. 可數名詞
例答
1. In my town there are a lot of stores and restaurants. There are also two big parks. There's just one museum, but there is a small art gallery as well. （我住的鎮上有很多商家跟餐廳，還有兩座很大的公園，但是只有一個博物館，不過還有一間小的藝廊。）

2. My kitchen has a lot of coffee cups and glasses. We have three apples, an orange, and two bananas. There are many appliances, including one coffee maker and one blender. （我的廚房裡有很多咖啡杯跟玻璃杯，我們有三顆蘋果、一顆柳丁、兩根香蕉。我們還有許多廚具，包含一個咖啡機跟一個攪拌機。）

2. 特別的複數名詞形式
例答
1. The boys wrote essays about spies, ponies, and toys while listening to waltzes. （男孩們邊聽圓舞曲邊寫了關於間諜、小馬、玩具的文章。）

2. The casinos in the cities have discos, where families take photos of spies sit- ting on couches. （城市裡的賭場有迪斯可舞廳，人們可以在那裡幫坐在沙發上的間諜拍照。）

3. 不規則複數名詞
1. 非正確：fish
2. 正確
3. 正確
4. 非正確：people
5. 正確

4. 不可數名詞

1. The beauty in this wood is shown in the pattern.
   （這塊木頭美在它的紋路。）
2. There is a lot of garbage and junk in the old house.
   （這間老房子裡有很多垃圾和廢棄物。）
3. We get a lot of mail. Some is from our customers, but much of it is junk.
   （我們有很多郵件，有些是我們顧客寄來的，但其他大多數是垃圾郵件。）
4. Viktor has a lot of furniture, including several chairs, tables, and sofas in his apartment.
   （維克多擁有很多家具，他的公寓裡有好幾張椅子、桌子、沙發。）
5. All of the beer, wine, and soda is in the cooler.
   （所有啤酒、葡萄酒跟汽水都在冷藏箱裡。）

5. 有些名詞既是可數名詞也是不可數名詞
例答
1. I have some free time tomorrow. （我明天有些空閒時間。）
2. I've used that software many times. （我已經用過那軟體好幾次。）

3. There isn't enough space in my locker. （我的置物櫃裡空間不夠。）
4. I would like to travel in space someday. （我希望未來可以到外太空旅遊。）
5. I had a lot of nice experiences working in sales. （我在銷售部門工作時度過了很多好的時光。）
6. You can gain experience by doing an internship. （做實習可以讓你累積經驗。）

6. 複合名詞
1. bus stop （公車站）
2. coffee cup （咖啡杯）
3. living room （客廳）
4. fire drill （消防演習）
5. tennis racket （網球拍）
6. warm-up （熱身）
7. notebook （筆記本）
8. bookstore （書店）
9. dinner table （餐桌）

7. 帶有連字號的複合字當作形容詞
1. It's a seven-day refund policy. （這是個七天的退貨規則。）
2. It was a three-day conference. （這是個三天的會議。）
3. It's a twenty-pound box. （這是個二十磅的箱子。）

8. 大寫
1. There is going to be a presentation on the first three presidents of the United States on Monday, January 3. （在一月三號星期一，將會有關於美國首三位總統的報告。）
2. Bill Gates is the founder of Microsoft. （比爾·蓋茲是微軟公司的創辦人。）
3. The Amazon River in South America is the second-longest river in the world. （南美洲的亞馬遜河是世界上第二長的河。）
4. We watched the Hollywood classic Gone with the Wind in my social studies class today. （我們今天在社會課上看了好萊塢的經典片——《亂世佳人》。）

9. 限定詞
1. There is a man at the front desk in the lobby who can help Ø you. （在大廳的櫃台有個男人可以幫助你。）
2. I think we need to buy a new TV. The one in the living room is broken. （我想我們需要買一台新電視，客廳裡的那台已經壞了。）
3. We met Jane's Ø husband and Ø son at a party last night. （我們昨晚在派對上見到珍的老公跟兒子。）
4. My sister told me that Ø Franco's is the best French restaurant in the city. （我姐姐告訴我，法蘭柯餐廳是這個城市裡最好的法式餐廳。）
5. Can you ask the boss if we can go Ø home early tomorrow? （你可不可以問老闆說我們明天能否早點回家？）

10. 不定冠詞：a 跟 an
1. We are staying at a hotel on the beach. （我們會住在海邊的一家飯店。）

2. Sorry, but I really don't like Ø football. （抱歉，但我真的不喜歡足球。）

3. I would rather listen to Ø music than watch a TV program. （比起看電視節目，我寧願聽音樂。）

4. Frida likes Ø art, so we went to an art gallery. （芙理達喜歡藝術，所以我們去了間藝廊。）

11. 定冠詞：the
例答

1. I have a pet. The pet is a dog. The dog is white. （我有一個寵物，是一隻狗，而且是白色的。）

2. When I see the stars in the sky, I think of being an astronaut. （當我看到天空中的星星，我想到成為太空人。）

3. I prefer the kitchen. In that room, I really like my kitchen table because I can eat and do homework there. （我比較喜歡廚房，在廚房裡，我很喜歡我的餐桌，因為我可以在那裡吃東西跟做作業。）

4. I like jazz. The saxophone is a nice instrument, and I would love to have the chance to learn to play like Sonny Rollins. （我喜歡爵士樂，薩克斯風是個很好的樂器，如果有機會的話我想要跟桑尼·羅林斯一樣那麼會吹薩克斯風。）

5. My friends the Smiths like to go to the beach in the summertime. The Ismails like water sports and fishing. The Lis like art and often go to a museum. （我朋友史密斯一家喜歡在夏天到海邊，伊斯邁爾一家喜歡水上活動跟釣魚，李家喜歡藝術，常去博物館。）

12. 所有格形容詞

1. I can't find a pen, so can I borrow your pen or pencil? （我找不到一支原子筆，我可以借你的原子筆或鉛筆嗎？）

2. I saw Daniela today. The stylist did a great job on her hair. （我今天看到丹妮拉，那位髮型師把她的頭髮整理的很好。）

3. Diego had Ø shoulder pain because he got hit in his shoulder playing softball. （迪亞哥的肩膀痛，因為他在打壘球時肩膀被擊中。）

13. 指示代名詞
1. 正確
2. 正確
3. 非正確：that restaurant.
4. 非正確：these employees
5. 非正確：those girls

14. Some（一些）、Any（若干）
1. Why don't you put some sugar or maple syrup on your oatmeal? （你何不在你的燕麥粥裡加些糖或楓糖漿？）

2. Do you have any time to have a meeting tomorrow? （你明天有沒有時間可以開會？）

3. Would you like some mustard or ketchup on your fries? （你想要在你的薯條上淋些芥末或番茄醬嗎？）

4. I need some hair wax. Do you have any？（我需要一些髮蠟。你有嗎？）

5. Here are the exam results. Some of you passed the exam, and some of you didn't. If you have any questions about your grades, come see me after class. （這是這次的

考試成績。你們之中有些人有通過，有些人沒有。如果你們對成績有任何問題，下課後來找我。）

15. Each（每個）、Every（每個）
1. 非正確：every six months
2. 正確
3. 正確
4. 非正確：each foot
5. 正確

16. Many（許多）、Much（許多）、a Lot of（大量、許多）
1. Greg doesn't have many friends, even though he's lived here a year.（格雷格朋友不多，儘管他已經在這裡生活了一年。）
2. I don't think we have much time to visit that museum.（我覺得我們時間不夠去參觀那間博物館。）
3. There was a lot of rain last month, and that's why we have so many flowers.（上個月下了很多雨，所以花才開得如此多。）
4. I think too many people don't realize how much effort it takes to run a business.（我覺得太多人不明白經營事業需要花費多大的心力。）
5. The rooms in this house have so much space.（這棟房子裡的房間都好大。）

17. a Few（一些）、a Little（一些）
1. 正確
2. 非正確：so little time
3. 正確
4. 非正確：a little money

18. 形容詞
例答

Zhang Li decided to cook dinner. He bought an ancient cookbook that has fabulous recipes. When he saw a recipe for chicken soup, he thought to himself, This looks tasty. So he went to the store and got some nice pink carrots and a nice triangular onion. Then he went home and cooked the soup. He made a mistake with the time and ended up cooking the soup
30 hours longer than he should have. His family thought the soup was super.

（李章決定煮晚餐。他買了一本老舊的烹飪書，書裡的食譜很讚。當他看到雞湯的食譜時，他心想：「這看起來很好吃。」於是他去了趟商店，買了一些粉紅的胡蘿蔔跟一顆三角形的洋蔥。接著他回到家煮了雞湯，但是他沒算好時間，把雞湯多熬了三十小時。他的家人都覺得那雞湯喝起來很厲害。）

19. 定語形容詞和表語形容詞
1. 非正確：something useful
2. 正確
3. 正確
4. 非正確：a big suitcase
5. 非正確：a child asleep on the sofa

20. 形容詞的順序

第 1 小題

例答

Medical: medical exam（健康檢查；醫學考試）、medical doctor（醫生）、medical insurance（醫療保險）、medical instrument（醫療器材）

Portable: portable grill（攜帶式烤架）、portable fan（攜帶式電扇）、portable speaker（攜帶式喇叭）、portable chair（攜帶式椅子）

Glass: glass door（玻璃門）、glass plate（玻璃盤）、glass wall（玻璃牆）、glass cover（玻璃罩）

第 2 小題

例答

I have a large, old, round, black, Japanese, iron, portable grill.（我有一個大的、舊的、圓的、黑的、日本的、鐵的、攜帶式的烤架。）

21. 形容詞的比較級與最高級

例答

I have a toaster, a coffee maker, and a microwave oven. The toaster is smaller than the microwave oven. The microwave oven cooks faster than the toaster. The toaster is the oldest appliance in the room.（我有一個烤麵包機、咖啡機、微波爐。烤麵包機比微波爐小。微波爐煮的比烤麵包機快。房間裡最老舊的廚具是烤麵包機。）

22. 分詞形容詞

例答

1. The Museum of Modern Art is interesting because it has a variety of art.（現代藝術博物館很有趣，因為它的藝術品很多元。）
2. Kyle is amazing because he can cook well, he's good at sports, and he's a funny guy.（凱爾很令人驚艷因為他很會煮飯、很會運動又很搞笑。）
3. I think a trip to Machu Picchu would be very exciting.（我覺得去馬丘比丘旅行的話會很令人興奮。）
4. I was very bored at the last company meeting with our CEO.（上一次跟我們執行長開公司會議時我感到很無聊。）
5. I am very interested in learning more about world history.（我對學習更多世界歷史感到很有興趣。）

23. 情狀副詞與地方副詞

1. It was snowing hard last Sunday.（上星期天雪下很大。）
2. It's a nice day so let's go outside.（今天天氣很好，我們出門吧。）
3. It's challenging to live and work abroad.（在國外生活工作很有挑戰性。）
4. The children play together nicely.（小孩們好好地玩在一起。）
5. I will call you when I get downtown.（我到市中心時會打給你。）

24. 時間副詞

例答

1. I go to the gym once a week.（我一星期上一次健身房。）
2. I never work overtime.（我從不加班。）
3. Sometimes I go on a business trip.（我有時候要出差。）

4.　I usually get to the office at 8:30 a.m.（我通常早上八點半到辦公室。）
5.　I read the newspaper every day.（我每天看報紙。）

25. 其他種類的副詞與它們的擺放位置
例答
1.　I almost missed my train recently.（我最近差點錯過火車。）
2.　I also speak Japanese.（我也會說日文。）
3.　I hardly go bowling.（我幾乎不打保齡球。）
4.　Venere is certainly the best restaurant in my town.（金星毫無疑問是我鎮上最棒的餐廳。）

26. 動作動詞與靜態動詞
1.　What (are you working / do you work) on today?（你今天要忙什麼？）
2.　I (have / am having) a lot of things to bring to the conference.（我有很多東西要帶去會議。）
3.　Since everyone (is agreeing / agrees) with the terms, let's sign the contract.（既然大家都同意條款，我們就來簽屬合約吧。）
4.　I (study / am studying) hard because final exams start tomorrow.（我現在讀得很認真，因為明天開始期末考。）
5.　This cookie (tastes / is tasting) a bit too sweet.（這餅乾吃起來有點太甜。）

27. 動詞後面加動名詞
例答
1.　In the office, I dislike using spreadsheets.（上班時我討厭用試算表。）
2.　Last night I finished eating dinner at 7:00 p.m.（昨晚我七點吃完晚餐。）
3.　I'm exercising more and I think I will keep doing that.（我最近更常運動而且我認為我會持續下去。）
4.　My school prohibits smoking anywhere on campus.（我的學校禁止校園內吸菸。）
5.　I regret not studying hard enough last year.（我後悔去年讀書不夠認真。）

28. 動詞後面加不定詞
例答
1.　I would advise my classmate to focus on studying instead of taking a job.（我會建議我的同學專心讀書不要接工作。）
2.　During meetings, I tend to speak up.（在會議中我通常會發言。）
3.　I would refuse to cheat on an exam because I am scared I would get caught.（我會拒絕在考試時作弊因為我怕我會被抓包。）
4.　I taught my coworker how to use a pivot table.（我教我的同事如何使用樞紐分析表。）
5.　I've decided to visit the Grand Canyon for my next vacation.（我決定下個假期要去大峽谷。）

29. 動詞後面加動名詞或加不定詞
1.　非正確：stopped to smoke（停下來去抽菸）
2.　正確
3.　非正確：tried plugging it in（試試看插電）
4.　正確

30. 動詞的三個形式

1. I always (listen) to the radio in the car on the way to work. （在上班途中，我總是會在車上收聽電台。）
2. I (went) to Stockholm in 2017. （我在 2017 年去了斯德哥爾摩。）
3. They usually (spend) a lot of time in the office on the weekends. （他們常常在週末在辦公室待很長時間。）
4. We (bought) a new car last month. （我們上個月買了台新車。）
5. Can you (help) me with my project? （你可以幫忙我的專案嗎？）

31. 簡單現在式

1. We need to finish this project by Friday. （我們需要在星期五前完成這個案子。）
2. The professor wants us to work in groups. （教授想要我們分組作業。）
3. I really think I have to cut down on drinking coffee. （我真的認為我應該喝少一點咖啡。）
4. She has a high GPA because she studies hard. （她的成績平均點數很高，因為她讀書認真。）
5. You cook very well. Did you learn from your grandmother? （你很會煮飯。你跟你奶奶學的嗎？）

32. 簡單過去式

1. I heard Emily persuaded the boss to let us go home early on Friday. （我聽說艾蜜莉說服老闆讓我們星期五早點回家。）
2. The only way we can improve profits is to cut costs. （增加收益的唯一辦法是減少支出。）
3. The reason you lost points on the essay is that you forgot to write the conclusion. （你的論文之所以會少了一些分數，是因為你忘了寫結論。）
4. The professor organized a field trip to ABC Labs. （教授安排了趟校外教學，去參觀 ABC 實驗室。）
5. Have you identified the problem with the e-mail server? （你找到郵件伺服器的問題了嗎？）

33. 簡單未來式

例答

1. I am going to go to work tomorrow. （我明天會上班。）
2. I'm going shopping on Saturday. （我這個星期六要去購物。）
3. I think it will keep raining tomorrow. （我想明天還會繼續下雨。）
4. Work starts at 8:30 in the morning. （工作從早上八點半開始。）

34. 現在完成式

1. 正確
2. 非正確：We visited her
3. 正確
4. 非正確：Nora was a student
5. 正確

35. 過去完成式

例答

1. I had studied English for four years before I got this book. （在買這本書之前我已經讀英文四年了。）
2. I had attended a language school before studying at this school. （我在進入現在的學校之前有在另一間語言學校讀書過。）
3. I had studied the past perfect tense before getting this book. （在我讀這本書之前我有學過過去完成式。）
4. I had always thought that. （我曾經那麼認為。）
5. In my last English class I studied idioms. I had not studied those idioms before. （在上一堂英文課上我學了一些慣用語。在那之前我從來沒學過那些慣用語。）

36. 未來完成式
例答
1. I will have finished a big project by noon tomorrow. （我明天中午之前會完成一項大課題。）
2. By next month, I will have started a new job. （下個月之前我會開始一份新工作。）
3. By next year, I will have gotten my MBA. （明年之前我會完成我的企業管理碩士學位。）
4. By the time I am twenty-eight, I will have started medical school. （在我二十八歲之前，我會已經開始就讀醫學院。）
5. By the time I retire, I will have become a millionaire. （我退休時，我會已經是百萬富翁。）

37. 現在進行式
1. 正確
2. 正確
3. 正確
4. 非正確：The sales meeting starts
5. 正確

38. 過去進行式
例答
1. I was eating breakfast thirty minutes ago. （三十分鐘前我在吃早餐。）
2. I was working on a budget. （我在處理一項預算。）
3. I was listening to some Mozart last night. （我昨晚在聽莫札特。）
4. Five years ago, I was living in Miami. （五年前我住在邁阿密。）
5. I was close with my uncle. He was always telling us interesting stories. （我以前跟我叔叔很親。他總是跟我們説有趣的故事。）

39. 未來進行式
例答
1. I will be eating lunch an hour from now. （現在的一小時候我會在吃午餐。）
2. I will be starting work tomorrow morning at 9:00 a.m. （我明天早上九點會開始工作。）
3. I will be living in the same place in five years' time. （我五年後會住在同樣的地方。）
4. I think my boss will never be retiring. （我覺得我老闆永遠不會退休。）
5. I will be finishing studying the lessons in this book soon. （我覺得我很快就會讀完這本書的所有章節。）

40. 現在完成進行式
例答

1. There are reference books all over the table because I have been studying. （桌上有一堆參考書，因為我一直在讀書。）
2. I have been taking notes for several hours. （我已經做筆記好幾個小時了。）
3. I have been looking at those beakers for two hours. （我已經看那些燒杯兩個小時了。）
4. The boss's door has been closed all day because he is hiring someone. （老闆的辦公室門整天關著，因為他在面試某人。）
5. I have been working on an experiment in the lab all night. （我已經在實驗室做實驗做了整晚。）

41. 過去完成進行式
例答
1. The accounting manager was fired because he had been stealing money from the company. （會計部的主管被辭退了，因為他之前一直偷公司的錢。）
2. A guy walked into me on the sidewalk because he had been texting. （在人行道上有個傢伙撞到我，因為他在傳訊息。）
3. Madelyn passed all of her final exams because she had been studying very hard. （瑪德琳通過了她所有的期末考，因為她之前讀書讀得很認真。）
4. Isaac fell down at the holiday party because he had been dancing. （艾薩克在公司的年末派對上跌倒了，因為他一直跳舞。）
5. I was able to understand this lesson because I had been studying it very carefully. （我之所以能夠聽懂這門課是因為我很讀得很仔細。）

42. 未來完成進行式
例答
1. By this time tomorrow, I will have been working here for exactly one year. （在明天的現在這個時間點，我會已經在這裡工作整整一年了。）
2. By my next birthday, I will have been living in California for six months. （在我長一歲之前，我會已經住在加州六個月。）
3. By this time next week, I will have been married ten years. （再過一個星期，我就會已經結婚了十年。）
4. By the time I finish all of the lessons in this book, I will have been studying for two months straight. （在我讀完這本書的所有章節時，我會已經讀書讀了兩個月。）
5. By the time I retire, I will have been managing my own company. （在我退休時，我會已經自己管理自己的公司。）

43. 情態助動詞（一）：Must/Have to/Need to
1. My flight is at 7:00 a.m. tomorrow, so I need to wake up at 4:00 a.m. （我的班機在明天早上七點，所以我需要早上四點起床。）
2. When you have a job interview, you must not be late. （如果你要面試工作，你就千萬不能遲到。）
3. Paisley is lucky. Even though she is the store manager, she doesn't have to
4. work on weekends. （佩斯利很幸運。雖然她是店長，但她週末不需要上班。）
5. The boss said the marketing plan we submitted looked okay, so we
6. don't have to make any changes. （老闆說我們提交的行銷計劃看起來還行，所以我們不需要做任何更改。）

7. I think I need to start looking for a new job. This company isn't doing well. （我想我需要開始找新工作了。現在的公司營運得不怎麼好。）

44. 情態助動詞（二）：Had Better/Should/Ought to
1. The sales rep should be here soon. He is usually on time. （那位推銷員應該就快到了，他通常都很準時。）
2. This meeting schedule looks fine to me, but I think we had better have Elena look it over before we send it out. （這會議時程看起來還行，但我覺得我們應該先讓愛琳娜看過再發送出去。）
3. The doctor told David that he had better stop smoking. （醫生告訴大衛他最好戒菸。）
4. I think you had better go back and make sure you locked the door. （我覺得你最好是回去確認你有沒有把門上鎖。）
5. I think I ought to should start exercising. I need to lose a little weight. （我想我應該要開始運動，我需要稍微減個肥。）

45. 情態助動詞（三）：May/Might/Can
1. I haven't finished my work, so I may / might stay here a bit longer. （我還沒做完工作，所以我可能會再多待一會兒。）
2. Why don't you ask Cameron to help you? He can use all of the software. （你可以請卡麥隆幫你啊，這些軟體他都會用啊。）
3. Nicolas is a nice guy, but sometimes he can talk forever. （尼可拉斯人是很好，但他有時候總是說個不停。）
4. Grace wasn't feeling well, so she may / might not come to work today. （葛雷斯不太舒服，所以她今天可能不會來上班。）
5. Some questions on the TOEFL can be tricky, so read them carefully. （托福考試有些陷阱題，所以要仔細閱讀。）

46. 情態助動詞（四）：Could
例答
1. I wasn't able to play tennis two years ago. （我兩年前不會打網球。）
2. I was able to keep my GPA above 3.5 last semester. （我上個學期的成績平均點數有超過3.5。）
3. I don't think it could snow within the next seven days. （我覺得接下來七天內不太可能下雪。）
4. I don't think an AI robot could replace me at work. （我不認為人工智慧機器人可能在工作上取代我。）
5. I think I could have studied harder over the past year. （我認為我過去一年應該可以更認真讀書。）

47. 使役動詞
例答
1. My boss makes me start work at 8:00 a.m. （我老闆規定我早上八點上班。）
2. If I were the boss, I would let my staff wear casual clothes to work. （如果我是老闆，我會允許我的員工穿休閒服裝上班。）
3. My coworker had me help them with the spreadsheet this morning. （我的同事今天早上

要我幫他用試算表。）

4. It would be impossible for anyone to get me to wake up at 5:00 a.m. to go hiking.
（任何人都不可能在早上五點把我叫起來去健行。）

5. I want to have my house painted. （我想要請人來粉刷我家。）

48. 條件句
1. 非正確：water freezes
2. 正確
3. 非正確：if I had known about it
4. 正確
5. 正確

49. 時間介系詞
1. The final exam begins at 4:00 p.m. （期末考在下午四點開始。）
2. The next team meeting is on June 3. （下一次團體會議在六月三號。）
3. The nursing course only starts in the spring semester. （護理課只在春季學期開課。）
4. I can't believe the boss is making us work on the weekend. （我不敢相信老闆竟然逼我們在週末上班。）
5. Charlotte became the office manager in 2002. （夏洛特在 2002 年成為辦公室經理。）
6. There's not much traffic at night. （晚上路上車不多。）

50. 地方介系詞
1. Aliyah met her husband when she was working at Yahoo. （阿莉亞在雅虎工作時認識了她的丈夫。）
2. I was at work until 11:00 p.m. trying to finish the marketing project. （我工作到晚上十一點，就為了完成那行銷企劃。）
3. I didn't realize you were in the kitchen. （我不知道你那時在廚房。）
4. Scarlett lives on the south side of the city. （史嘉莉住在這個城市的南方。）
5. The speaker system is in the middle of the table. （喇叭系統就在桌子的中間。）

51. 介系詞的搭配詞
例答
1. Keeping up with changes in technology is necessary for success in the twenty-first century. （在二十一世紀，跟上科技變化是成功的必備條件。）
2. I've made an attempt at playing golf recently. （我最近嘗試打高爾夫。）
3. I participated in an HR seminar last week. （我上週參加了一個人資講座。）
4. I am familiar with three foreign languages. （我熟悉三種外語。）
5. I was impressed by my manager's speech last month. （我對我經理上個月的演講感到印象深刻。）

52. 動詞片語
例答
ask out（約…出去）、 back up（支持；備份）、cut out（停止；擋住；突然熄火）、end up（以…告終）、find out（發現）、give up（放棄）、kick out（開除…；攆走…）、look after（照顧）、make up（和好；組成；捏造）、put out（熄滅）、take in（收留）、turn off（關掉）等等。

53. 句子的基本結構與子句

1. 獨立子句
2. 從屬子句
3. 獨立子句
4. 從屬子句
5. 從屬子句

54. 合句與複句

1. Even though Manuel had the necessary experience and qualifications, he was turned down for the job. （雖然曼努埃爾具備足夠的經歷跟資格，他還是沒得到那份工作。）
2. We recorded the CEO's speech, which he gave at the conference. （我們錄下了執行長在會議的致詞。）
3. Carson wasn't able to pass the final exam because he didn't put enough effort into studying. （卡爾森因為念書不夠認真而沒能通過期末考。）
4. Yumi likes to study in the public library, which has a number of private study rooms. （由美喜歡在公共圖書館念書，那裡有幾間個人自習室。）
5. We won't be able to start the meeting until everyone has arrived at the office. （我們要等到所有人都抵達辦公室才能開始會議。）

55. 形容詞子句、名詞子句、副詞子句

例答

1. I remember a time when there was no Internet. （我記得沒有網路的日子。）
2. Can you tell me where the conference room is? （你可以告訴我會議室在哪嗎？）
3. Unless we work faster, we won't be able to finish this project. （除非我們動作快一點，否則我們將沒辦法完成這項專題。）
4. The boss asked me to work this weekend, which doesn't make me very happy. （老闆要我這週末上班，我聽了心情不太好。）
5. Technology, which affects all of our lives, advances at an incredible rate these days. （科技影響我們的生活，而且最近以驚人的速度在進步。）

56. 逗號、連字號、破折號、撇號

The First Day on the Job

Today was the first day of work for the part-time and full-time trainees at Acme Corporation's headquarters in LA. Even though everyone's mood was upbeat and they were open-minded, many of them were a little on edge. One of the trainees' tasks was to read the company's HR handbook—the whole handbook! It's over thirty-five chapters. Actually, they were given ample time to complete the task, and some of the trainers were on standby to assist them.

（工作的第一天

今天是 Acme 公司在洛杉磯總部的兼職和全職實習生第一天上工。儘管每個人的情緒都很高漲、心胸很開放，許多人還是有點緊張。實習生們的任務之一是閱讀公司的人力資源手冊，而且是整本手冊！這本手冊有超過三十五個章節。不過事實上，他們有充足的時間來完成這項任務，而且也有一些培訓員在一旁隨時提供協助。）

57. 冒號與分號

1. Ana graduated from university in three and a half years; her next goal is to pass the CPA exam. （安娜在三年半內就取得學士學位；她的下個目標是取得註冊公認會計師執照。）

2. We need to set up the conference room with the equipment for the meeting: the projector, the remote control, and the screen. （我們必須佈置會議室準備好開會要用的器材：投影機、遙控器、投影幕。）

3. There are three ways to grow your business: social media, which will attract potential customers; a mailing list to keep in touch with current customers; and a website to provide information about your business. （有三種方式可以幫助你的事業成長：社交媒體以吸引潛在客戶；郵寄清單以與現有客戶保持聯繫；一個網站以提供有關你的業務資訊。）

4. Many new managers face the same problem: They try to keep the same relationships that they had before becoming a manager. （許多新上任的經理都會遇到相同的問題：他們想要試著跟同事維持以前的關係。）

5. I'll never forget what my grandfather used to tell me: Always keep your sense of humor and never worry about anything you can't control. （我會永遠記得我祖父以前跟我說的：保持幽默，不要為自已無法控制的事情煩惱。）

58. 圓括號與中括號

1. Her research described the effects of Prohibition (1920—1933) on the New York City economy. （她的研究描述了美國禁酒令（1920-1933 年）對於紐約市經濟的影響。）

2. To enter the building, you need to (1) show a photo ID, (2) pass through the metal detector, and (3) pass through the facial recognition scanner. （要進入這棟大樓，你必須（1）出示有照片的身分證件、（2）通過金屬探測器、（3）通過臉部辨識儀器。）

3. The major automakers [Ford, GM, and Chrysler] use parts produced by a number of factories in Mexico. （主要的汽車製造商 [福特、通用汽車、克萊斯勒] 使用的零件生產自墨西哥的幾家工廠。）

4. The volume of work produced by Natsume Sōseki [one of the most famous figures in Japanese literature] rivals that of Franz Kafka. （夏目漱石 [日本文學界數一數二知名的人物] 的作品數量與法蘭茲·卡夫卡的不相上下。）

59. 引號

"Have a seat, Mr. Jameson," said the lawyer. "This won't take long."
Mr. Jameson sat back on the sofa. He had a curious look on his face, and he could not understand why they were staring at him. He looked right at the lawyer's face and said:
"Let's get to the point. What do you want me to do?"
"It's important for us to find the truth. A man's life is at stake," replied the lawyer. Their eyes met. "I think the truth is clear, don't you?" Mr. Jameson asked.
"What exactly," chimed the lawyer, "is clear? We want to hear that from you."
（「詹姆森先生，請坐。」律師說道，「我們不會花你太多時間。」
詹姆森先生在沙發上坐下，他臉上帶著奇怪的神情，他不能理解為什麼大家都在盯著他。於是他直勾勾地看向律師，說道：「我們就直接切入正題吧。你們想要我怎麼樣？」
「我們想要的是真相。有個人正處於生死關頭。」律師回答。
詹姆森聽後低著頭一會兒，然後抬起頭與律師四目相接，說：「我想大家都知道真相是什麼吧。你不也這麼認為嗎？」
「你口中說的真相」律師說，「究竟是什麼？我們想要親耳聽你說。」）

60. 主動語態與被動語態

1. The report was completed by Eli. （報告由艾利完成了。）
2. 無法變被動句。
3. The student advisor solved the issue. （學生顧問解決了這個問題。）
4. 無法變主動句。
5. 無法變主動句。

61. 雙重否定
1. 正確
2. 非正確：he never travels
3. 正確
4. 非正確：I seldom have
5. 非正確：I haven't done anything

62. 第一人稱與第三人稱
例答

I thought The Godfather was a well-made drama. In addition to getting a look at the activities of an organized crime group, we could see how important family life was to the characters...

（我認為《教父》是部構思巧妙的劇情片，我們除了能看到有組織性的犯罪集團如何運作，還能看到家庭對那些主角來說是多麼重要……）

The Godfather was an acclaimed dramatic film. In addition to presenting the activities of an organized crime group, this movie provides a glimpse into the importance of family life for the characters ...

（《教父》是部備受讚譽的劇情片，它除了呈現犯罪組織的活動，還讓觀眾得以一窺家庭對角色們是何等重要……）

63. 冗文贅字
例答

Even though company policy contains rules regarding employee attendance, many employees arrive late. The company president has asked me to inform everyone that if you are late more than three times, you may face termination.

（雖然我們公司有關於出勤的規定，許多員工仍遲到。總裁要求我告知各位：如果你遲到超過三次，你將可能被解雇。）

64. 用英文邏輯思考 避免錯置詞語
例答
1. When I walked away from the counter, the coffee cup fell on the floor. （當我走離料理台時，咖啡杯掉到地上。）
2. He was talking quickly, which confused me. （他講話很快，讓我很混淆。）
3. Wash your hands often to prevent colds. （常常洗手以避免感冒。）
4. I think only my sister knows my mom's recipes. （我想只有我姊姊知道我媽的食譜。）
5. I read in the company newsletter that the CEO is going to give a speech. （我從公司簡報上得知執行長將會演講。）

65. 主題句

例答

1. People enjoy the rush of adrenaline from participating in extreme sports. （人們喜歡藉由極限運動體驗腎上腺素上升的感覺。）

2. I cannot support the plan to build a new shopping mall in my neighborhood. （我不會支持在我鎮上蓋一座新的購物商城。）

3. I prefer to work at home rather than at the office. （我喜歡居家辦公勝過公司上班。）

66. 段落的主體、正文

例答

The greatest invention of the twentieth century was the computer. First of all, the computer allows people to work more efficiently and accurately. Its software can be used for word processing, complex calculations, and the creation of presentations. In addition, computer databases help workers record and extract information significantly faster than manual systems. Furthermore, computers make it possible for people to work together even if they are in distant physical locations.

（二十世紀最偉大的發明是電腦。首先，電腦使人們工作更有效率且準確，其軟體可用於文字處理、複雜的計算和製作簡報。此外，電腦資料庫可以幫助人們用比人工更快的速度記錄和提取資料。還有，電腦讓人們即使距離遙遠也可以一起工作。）

67. 段落的結論

例答

Such workplace enhancements are only possible with computers.

（只有電腦才能為工作環境帶來如此進步。）

68. 轉折詞

例答

Technology has given us more options for communication. First of all, mobile phones allow people to communicate with others regardless of their physical location. For instance, text messaging provides a way to instantly contact a friend or family member. Additionally, social media gives us the opportunity to reach a wide group of people at one time, and platforms such as YouTube make it easy for anyone to broadcast their ideas and opinions to a global audience.

As a result of the development of these different options for communication, people can keep in touch with others in ways that were not even imaginable in previous generations.

（技術給了我們更多的交流方式。首先，手機讓人們不管身在何處都能夠與他人溝通，比如訊息讓我們可以即時聯繫朋友或家人。此外，社群媒體讓我們有機會可以一次接觸到廣泛的人群，像 YouTube 這樣的影音平臺使任何人都能很輕鬆地向全世界傳遞他們的想法和意見。由於上述這些不同溝通方式的問世，現在人們得以以前人無法想像的方式保持聯繫。）

延伸閱讀與資料

- My website, myhappyenglish.com, contains additional free English lessons, tips, and
- tricks, covering phrasal verbs, idioms, and so much more English that you may often
- hear but not know what it means. It also features the Happy English Podcast with
- weekly English lessons.
- Here are some additional favorite books and websites where you can continue
- building your English knowledge and fi nd answers to more complex grammar
  questions.

Books

- The Blue Book of Grammar and Punctuation, Jane Straus
- Complete English Grammar Rules, Farlex International
- The Elements of Style, William Strunk, Jr.
- English Grammar (Series), Betty S. Azar
- ESL Grammar, Mary Ellen Muñoz Page
- Grammar in Use (Series), Raymond Murphy
- A Manual for Writers of Research Papers, Theses, and Dissertations,
- Kate L. Turabian
- Oxford Modern English Grammar, Bas Aarts
- Perfect English Grammar, Grant Barrett
- Practical English Usage, Michael Swan

Websites

- English Club: englishclub.com/grammar
- English Grammar: englishgrammar.org
- English Grammar Online: ego4u.com
- Grammar Girl: Quick and Dirty Tips: quickanddirtytips.com/grammar–girl
- Grammarly Blog: grammarly.com/blog/category/handbook
- Guide to Grammar and Writing: guidetogrammar.org/grammar/index.htm
- Learn American English Online: learnamericanenglishonline.com
- Learn English British Council: learnenglish.britishcouncil.org/english
- –grammar–reference
- Perfect English Grammar: perfect–english–grammar.com
- Purdue Online Writing Lab: owl.english.purdue.edu/owl

參考文獻

- Brown, Mark. "Hashtag Named UK Children's Word of the Year #Important." The
- Guardian. May 27, 2015. https://www.theguardian.com/technology/2015/may
- /28/hashtag–named–uk–childrens–word–of–the–year–important.
- Buruma, Ian. "The Sensualist." The New Yorker. July 13, 2015. https://www.newyorker
- .com/magazine/2015/07/20/the–sensualist–books–buruma.
- Kinney, Jeff . Diary of a Wimpy Kid. New York: Amulet Books, 2007.
- McWhorter, John. "Txting Is Killing Language. JK!!!" Filmed February 2013
- in Long Beach, CA. TED video, 13:36. https://www.ted.com/talks/john
- _mcwhorter_txtng_is_killing_language_jk.
- Merriam Webster's Collegiate Dictionary, 11th ed., Springfi eld: Merriam–Webster, 2014.
- The Offi cial Guide to the TOEFL Test, 3rd ed. New York: McGraw–Hill, 2009.

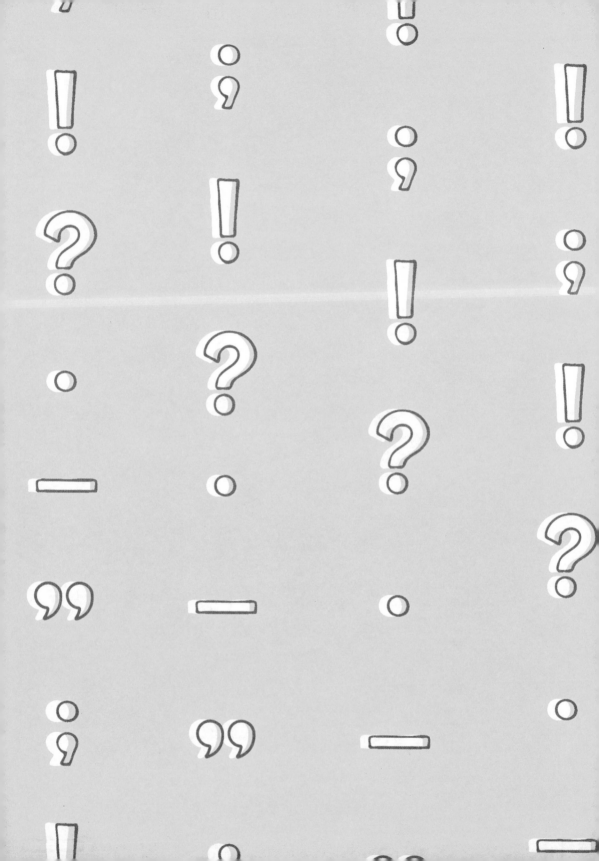